GOBOOKS
& SITAK
GROUP©

GOBOOKS
& SITAK
GROUP©

三日月書版

三日月書版

輕世代
FW123

姐姐是地球英雄，弟弟我是侵略者幹部 4

甚音 著
兔姬 繪

三日月書版

擁有校花等級的美貌，但是與排名全校第一的弟弟相反，是個傻乎乎的可愛大姐，總是快快樂樂地活著。而外表看似嬌弱的姚子實，任誰也無法將小鎮上的英雄——繁星騎警和她聯想到一起。

姚子賢，十七歲，有夢想。
平日裡給人沉默冷淡的印象，更身具全校第一名榮銜，十八般武藝樣樣精通，品學兼優的外表之下卻隱藏著無人知曉的秘密。當他穿起黑色披風，戴上可怕面具，此刻他搖身一變，化身為邪惡侵略組織最詭計多端的首席智囊——厄影參謀。

冷夜元帥

邪惡侵略組織「黑暗星雲」的核心人物，效力於大魔王陛下，統籌著整個組織的運作發展，是黑暗星雲中最認真盡責的模範幹部。

性格冷酷，一絲不苟，以強勢的作風率領著黑暗星雲，即使屢屢受挫於繁星騎警，依舊百折不撓。然而在歷經無數次的失敗後，即使堅毅如冷夜元帥，也逐漸感到焦躁起來。

路怡千

姚家姐弟的青梅竹馬。女大十八變，過去在姚子賢記憶中那小男孩似的鄰居，如今已長得亭亭玉立，更是一純高中女籃隊長，在學校裡擁有廣大的男女粉絲。

雖然性格直率爽朗、有話直說，然而女孩兒家總有些祕密心思，尤其近來當小千開始意識到「他」的存在之後，更是難以把持住自己了。

姐姐是地球英雄，弟弟我是侵略者幹部

目錄

PRODUCTION

姐姐是地球英雄，弟弟我是侵略者幹部

姚子賢與繁星騎警

01

我所就讀的學校叫做一純高中，位於一純鎮的繁華地帶。

一純鎮原本是一個平淡無奇的小鎮，有著尋常的生活、尋常的人們，也有著尋常的笑語，不過即使是這樣單純的小鎮，還是擁有自己的小小特產……

呃，我說錯了，或許並不算小……但無論如何，我敢打包票是別的地方絕對找不到的特產，那就是怪人與超級英雄之間的火熱戰鬥！

這是一個關於「黑暗星雲」以及「繁星騎警」的故事。

我大步跨過了半掩的大門，空氣中瀰漫著晦暗氣氛，昏幽的教室裡頭，些微燭光搖曳。

我驚訝地心想，原來還真的有這個地方！如果不是親眼見證，誰也不會相信這「一純高中七大不可思議」其中的一項居然真的存在！

傳說中的「放學後舉辦詭異黑魔法祭儀的教室」！

我深吸一口氣，任憑燭光與黑影在四周如狂歡宴飲的妖魔亂舞，筆直地穿行其中。

一團模糊的黑影在教室內晃動。

燭光照亮了教室中央僅有的一樣擺設品，一副已經用得破破爛爛、半舊不新的課桌椅。一群人擠在課桌前，循著燭影低聲地禱念著，像是某種邪教儀式。

不過，他們並非在施展可怕的巫術，若是仔細聆聽他們吟唱的內容，會讓人有一點啼笑皆非。

「繁星騎警！」

「繁星騎警！」

「繁星騎警！」

……某種宗教儀式嗎？算了，我想也是吧！認真說起來，這裡祭祀的並不是尋常神祇，而是一名叫做「繁星騎警」的女神。

看來「一純高中七大不可思議」，果然是有許多道聽塗說的地方呢！

這些人對我的到來渾然不察，直到我走到了非常靠近他們的位置，這才有人驚覺大喊：「你是誰？閒雜人等非請勿入！」

人影紛紛轉過頭來，一雙雙發亮的眼睛在黑暗中警戒地注視著我，不懷好意。

「是誰膽敢打擾我們『一純高中繁星騎警後援會』神聖的禮拜？」

我盡力擺出最友善的笑容，「各位朋友大家好，我沒有敵意，我的名字是姚子賢。」

「什麼，姚子賢，難道是傳說中的那個姚子賢嗎？」四周頓時響起了窸窸窣窣的低語。

「從入學以來一直占據全校第一名的傢伙。」

「同時也是女學生私下調查『最想要當男朋友』排名第一名的男人。」

「居然還有這種事？什麼時候有這種調查，第一名為什麼不是我？真是可恨……嗚！可是，這樣頂尖的學生為什麼會出現在這裡？」

他們的竊竊私語實在有夠刺耳，不過我沒有理會，而是裝作從容不迫地隨手拉了一張椅子坐下來。

「大膽，居然藐視我們！」

我的行動似乎激怒了眾人，他們生氣地捲起袖子，準備一擁而上。不過我早有應對，就在人們話語剛落之際，立刻從口袋中掏出準備好的禮物。

看見了我拿在手上的東西，原本圍上來的人群頓時倒抽一口氣，敬畏而退。

「那、那是繁星騎警第一次出擊造型的相片，據說是市面上絕對買不到的夢幻逸品，你怎麼會有這種東西？」

「怎麼樣？這樣的東西我還有很多，是不是夠表達我的誠心了呢？」這些人盯著我手中照片的模樣簡直都快流出口水了，我把照片向左，他們就朝左，我把相片揮右，他們就朝右。

「還不快住手？你們也太難看了吧！」

啊啊！看來這裡的領導人終於忍不住出聲了。

隔著方桌，我的面前是一張背對著的木椅，隆隆的聲音從椅子方向傳來。

「想必閣下就是一純高中繁星騎警後援會的副會長了吧！」

「沒錯，你也可以簡稱我們為『一星援』。」椅子後的人說道：「姚子賢，你不要拐彎抹角，老實說明你的來意吧！」

「真是快人快語，好，我來這裡只有一個目的。」我傾身向前，一字一句地吐出，「讓我當你們的會長吧。」

「大膽！」對方勃然大怒，「姚子賢，如果你以為可以趁會長不在時欺負我們的話，我勸你還是別做夢了！」

我趕緊說道：「我用這張照片作為賭注，要求和你一對一決鬥！」

「區區一張照片就想收買我嗎？哼！但是，姚子賢，我也不打算閃躲你的挑戰，這就依你所願！」

椅子上的人非常霸氣地轉了身，但是椅子僅是嘎吱一聲發出悲鳴，依舊倔強地紋風不動……啊！他好像忘記了那只是一張沒有旋轉功能的普通木椅而已。

我看見副會長的後頸都羞得發紅了，他只好自己抬起尊貴的屁股，好像很吃力地慢慢挪動椅子的方位。在這段期間內，我也非常懂得察言觀色地沒有開口。

不管怎樣，過了一會兒，副會長終於成功地和我面對面。

這個整整高了我一個頭的男學生，上下打量了我一眼後，粗聲粗氣地說道：「哼！看你也沒什麼特別的，我還以為傳說中的姚子賢會是什麼三頭六臂的人物咧！」

「你太抬舉我了，『一星援』的副會長先生。」在對方刻意拉抬的威嚇下，我依舊不為所動。

副會長挑了挑眉。

「我對於你們遇到的困境一清二楚。」

「笑話！」副會長輕蔑地搖搖頭，「我們哪有什麼困境？」

「不但有，而且還非常嚴重……聽說你們的會長最近休學了。」

「會長只是暫時離開我們，很快就會回來。」

我點點頭，「但是群龍不能無首對吧？而且我聽說你們最近的活動也四處碰壁，再這樣下去，經營恐怕會有困難。」

「你說什麼？」

我不理他，而是直接面向了眾人。

「繁星騎警原本是神龍見首不見尾的英雄，每次擊敗怪人後總是立即離開現場，誰也不知道她的真面目。這位小鎮的救星充滿了神祕色彩，因此，鎮上紛紛成立了許多粉絲團體，除了聲援自己的偶像外，更是為了找出繁星騎警的真面目，花上大量的時間與精力投入追星活動。」

我視線一轉，掃過四周潛伏在黑暗裡的人群。雖然處在光源之中，使我無法計算身旁到底有多少人，但可以確定的是，我已經牢牢抓住了他們的目光。

「可是你們一星援，卻是粉絲團體中，少數不問繁星騎警真實身分，只是單純而誠懇地進行聲援活動的組織。」

「說得好！」躲起來的人們紛紛發出贊同的低呼聲。

「安靜！」副會長急急忙忙斥道，然後轉過頭來，「我們和那些懷有不純動機的二流傢伙們不一樣，我們有理想、有紀律，懷著對繁星騎警的愛展現出上下一心的精神。」

「副會長，這傢伙突然說要來當我們的會長，或許是在耍什麼陰謀詭計啊！」

這時，一名男同學鬼鬼祟祟地附到副會長耳邊，只不過他們兩人的悄悄話大聲得連我都能聽得見。

「這傢伙是有名的『後援會破壞者姚子賢』，還記得去年『姚子實後援會』就是被他以一人之力擊破的嗎？他當上會長後馬上就把後援會解散掉！為了我們大家的後援會，副會長你一定要小心。」

我輕咳幾聲。

副會長望向我的眼神中似乎多了幾分戒備，「唔……那件事我也有有耳聞，但是大家要對我有信心，為了一星援，這場決鬥只許勝不許敗。喂！姚子賢，做好心理準備，我今天要你直的進來，橫的出去。」

「不必多言，請賜教吧！」我慢慢地整平衣襟的皺摺，將雙手抱在胸前，微微收起了下巴。

空氣裡瀰漫著一股山雨欲來的氣氛，一場避免不了的惡鬥一觸即發。

就在我和副會長互相以眼神展開交鋒之時，一名一星援的會員從黑暗中走至我們兩人間。

「那麼，依照慣例，就由『繁星騎警問答』來決定勝負吧！」

「正合我意！」

「沒有問題。」

「我們使用的是『一純鎮繁星騎警後援會總會』發行的《彙編繁星騎警一百問》，從裡頭挑選問題。」

作為裁判的同學分別朝我們兩人看了一眼，「相信你們都已經詳細看完規則了，對嗎？」

我根本沒打算去翻桌上的手冊，只是稍微點一點頭。這本手冊，早在我來之前就已經讀得滾瓜爛熟了，根本沒必要看。

「趕快開始吧，我等不及了。」副會長則是摩拳擦掌，信心滿滿，一副巴不得趕快挫挫我銳氣的模樣。

只可惜，恐怕我要讓他失望了——我在心底暗暗想著。

「兩位都確認好了的話，問答正式開始。」

裁判輕輕咳了幾聲。

「那麼，第一題：請簡述繁星騎警和黑暗星雲之間的關聯？」

我飛快地拍下桌上的按鈕。

嘶鈴鈴——房間裡響徹一股刺耳的鈴聲。

我迅速開口：「繁星騎警是一年前突然在一純鎮出現的超級英雄，幫助我們對抗邪惡組織『黑暗星雲』所派出的眾多怪人。多虧了有繁星騎警，一純鎮才得以屢屢逃過黑暗星雲的染指。」

周圍觀眾的表情像是在問著「這是怎麼辦到的？」般地扭曲，「嗚哇！好快，而且和問題集上的答案一模一樣。」翻閱著問題集的手指因為驚訝而有些顫抖。

「呸！不過是運氣好而已。」副會長啐了一口，橫眉豎目地怒瞪著我。

我微微一笑，更讓你吃驚的還在後頭呢！

「……第十題，迎戰怪人血蝙蝠時……」

我迅速地拍打了桌上的按鈴，說道：「橘色。」

「……是、是的，這一題要問的是對抗怪、怪人血蝙蝠時……時，繁、繁星騎警腳上鞋帶的顏色，正確答案是『橘色』，再度由挑戰者回答成功。」

裁判結結巴巴地確認了我的答案。

「這……這怎麼可能？」副會長抓狂般地扯著自己的頭髮，「居然有人會記得繁星騎警腳上的鞋帶是什麼顏色！」

「可可可可是……他確實回答無誤啊，副會長。」

周圍的群眾紛紛露出不敢置信的神色，驚慌地指著我倆手邊翻開來的分數字卡，「你們看，到現在為止，他已經連續正確回答十題了，分數遙遙領先副會長啊！」

有人說現在這個世界是瞬息萬變的世界。上一秒的新聞，在下一秒就會變為歷史，我們生活在這個有如洪水沖襲般的世界，為了因應潮流，必須做好準備。

然而究竟怎麼樣才算做好準備？眾說紛紜，唯一可以確定的是，平日努力不懈的成果，總有一天會成為你的力量。

時間已過去了五分鐘，在這短短的五分鐘裡頭，我幾乎秒殺了所有問題，而我的對手，也就是副會長先生則是一分都沒拿到。

「好厲害，居然連會裡問答最強的副會長都被打得毫無招架之力！」

「我還是第一次看見有人能把《彙編繁星騎警一百問》裡面所有題目全部背下來，好可怕的腦力。」

「看來他說要當後援會會長可不是開玩笑的呀，副會長，你絕不能輸。」

觀戰群眾的情緒開始慌張不安起來，周圍的議論似乎帶給副會長莫大的壓力，他面無血色，好不容易才從牙縫中擠出一點聲音：「不，我不相信，這……這只是我狀況不好。沒、沒錯……」

我望著這個可憐蟲，直到現在他依然不肯面對我們實力的差距。

「副、副會長，你先喝點水，重整一下旗鼓吧。」他的智囊垮著臉說道，事到如今，他也沒辦法提供任何建議了。

「對……對，我、我先喝點水。」

副會長顫抖著把手伸向了桌上的水杯，卻因為手抖得太厲害，連杯子都翻倒了。

然而相較於副會長的手足無措，我則是游刃有餘地啜飲自己的飲料，「裁判同學，趕快繼續下一題吧！」

「不……不必了吧，這個實力的差距，幾乎已經不必再戰了。我可以依據問答的規則直接判你獲勝。」裁判苦喪著一張臉，轉頭對著副會長說，「面對現實吧副會長，這個男人的實力真是太深不可測了。」

「我……我不甘心，我們努力了這麼久……」

副會長懊惱地抱著頭，龐大的身軀一下子從椅子上滑了下來。過了好一會兒，終於虛弱地吐出這幾個字：「好吧，我認輸了。姚子賢，從今天開始，我們一星援會長的懸缺就由你來擔任。」

副會長投降之後，周圍的同學個個都露出了如喪考妣般的表情。

「結、結束了嗎？」

「好可怕的後援會毀滅者。」

「完了，我們的淨土要被終結了……」

甚至還有人在手中握著一個假面騎士造型的可愛娃娃，絕望地祈禱，「嗚嗚……繁星騎警，難道您不保祐我們了嗎？」

「承讓了，副會長，你是一個可敬的對手。」

我站起身來，環望著一干垂頭喪氣的成員，正色地開了口：「各位不必緊張，我想各位都對我有些誤解。事實上，我今天並不是為了摧毀這個後援會而來，相反地，我將率領『一星援』成為鎮上實力最強大的繁星騎警粉絲組織！」

「咦，你是說真的嗎？」

話語甫畢，人們驚訝地向著我望來，就連原本沮喪的副會長，眼中也都重新燃起一絲光芒。

「沒錯，因為我們的成員都是學生，一純鎮的四大繁星騎警粉絲組織裡面，我們始終被認為是最弱小沒用的一個。甚至因為前會長發生的那起不幸意外，最近還遭到其他團體恥笑。」

我深吸一口氣，「可是，真正的粉絲並不是以年紀、財產和地位的高低來決定的，而是以對繁星騎警的熱愛來決定！無論置身在何種逆境中，我們都不會忘記對繁星騎警的熱愛，全心全意地支持著我們的英雄！各位，難道我們甘願永遠躲在陰暗的房間裡偷偷崇拜繁星騎警就好嗎？我們不該到陽光下，抬頭挺胸地說出自己對繁星騎警的熱愛嗎？」

看著底下群眾狂熱的神情，我知道自己的演講已經達到效果，現在只需最後一擊。

「讓我們一起重振一星援、一起攜手努力，和繁星騎警共同守護這個小鎮的和平，好不好？」

我朝前揮出手臂，空氣靜默了零點一秒之久——然而，這份靜默可以說是猛然爆發前的緊縮——接下來的一剎那，教室裡的人一齊爆出忘情的高喊。

「喔喔！好，當然好！新會長萬歲，繁星騎警萬歲！」

「新會長萬歲，繁星騎警萬歲！」

「新會長萬歲，繁星騎警萬歲！」

我高舉雙臂，置身在支持者的興奮吶喊中，他們又唱又跳，聲浪猶如潮汐般一波波接連不斷地將我淹沒。我不禁露出滿意的微笑，心中卻清楚知道現在還不是被喜悅沖昏頭的時候，我必須保持冷靜——這只是第一步，還不能因此自滿，真正遠大的計畫，現在才要開始。

「會長！會長！會長！」

學生們的譟動似乎永遠不會平息，競相拉著我的衣角，就在氣氛越來越熱烈之際，教室的門被唰啦一聲打開，緊接著窗戶旁的黑色窗簾也在同一時間被猛然拉了起來。

刺眼的夕陽光直射進來，疼得讓人睜不開眼。

「嗚哇！」

人群像見了陽光的吸血鬼般發出慘叫。

「吵什麼吵？你們把教室弄得這麼暗做什麼？」猛然衝進來的男人凶悍地揮著藤條，「已經放學了，不准在學校逗留！快點回去，哪個人被我登記到名字班級就要記過！」

「嗚哇，是訓導主任～」

同學們頓時作鳥獸散，我慌忙地跟在爭先恐後的人群後跑了出去。

狂奔了一陣，躲到牆角邊的我謹慎地回望著剛才逃出來的地方，一星援祕密集會所——正確名稱應該是一純高中自然科學實驗教室。

幸好訓導主任沒有追到這裡來。

唔……剛剛在一陣混亂中，我想他八成沒看見我的臉吧，我應該是安全了。

但是不知道其他的會員又會怎麼樣呢？我可不希望上任會長的第一天，自己會員的名字就全都出現在停學處分名單上啊！

「算了，吉人自有天相。」我知道再擔心也沒有用，於是安慰自己說。

現在最要緊的事，還是趕快和「她們」會合吧。

我整理好心情，隨即往校門口走去。

沒想到，訓導主任居然還堵在校門口，好一個鍥而不捨的老師啊！

「喂，那邊那個同學！好哇，為何這麼晚沒離校，還給我光明正大地走在路上？你給我過來！」

訓導主任發現了我，不由分說地把我抓了過去。

看來是因為抓不到違反校規的學生的緣故，心情正處於極端的惡劣之中。

然而等他走近一瞧，卻露出愕然的表情。

「欸，你不是姚子賢嗎？」

主任搔了搔後腦勺，為難地說道：「奇怪了，像你這樣的學生，不可能違反校規呀！」

我趕緊開口：「報告主任，我留在圖書館自習，所以回家得比較晚。」

「喔喔，原來是這樣啊！」訓導主任欣慰地點了點頭，誇讚道：「真不愧是全校第一名的秀才啊，這麼用功。」拍了拍我的肩膀，便放我離去。

呼！看來平時取得的好成績果然還是有用的。

有驚無險地通過了校門，就在街道另一邊，兩名同樣穿著我校制服的女學生待在便利商店門口。她們一見到我，便舉起手來做出只有我們之間才能明瞭的暗號手勢。

手勢的意思是問：「事情怎麼樣了？」

我豎起了大拇指，於是她們臉上便綻放出開心的笑容。

還沒等我走過馬路，這兩位女同學——路怡千及黃之綾，便迫不及待似地朝著我迎來。

「看來是很順利的樣子囉？」一頭短髮，模樣看起來清爽又具有活力的路怡千說。

「是的，一切都按照預定的計畫在走，有關一星援……」

「噓，這裡不是可以說話的地方，小心隔牆有耳。」

與雀躍的小千不同，黃之綾是名氣質冷靜銳利、態度嚴肅凜然的女生。兩人唯一的共同點，就是都擁有走在路上十個人有九個人會回頭的美貌，順帶一提，剩下的那個人會從一開始就看得目不轉睛。

黃之綾把手指貼在我的嘴唇上，謹慎地左右望了望，「我們先找個隱密的地方再說吧！」

唔，被她這麼一提點，弄得我跟小千也頓時覺得很緊張。

「那麼，我們就快點回姚子賢你家吧！」小千說完便摟住了我的手臂。

「嗚哇，小千，妳說話不要這麼大聲啦！」黃之綾雖然緊張地喊著，但是也毫不示弱地硬是揪住了我的袖口。

這、這是怎麼一回事？呃呃，在這一瞬間，我深刻地感受到來自四面八方過路行人所投射過來的險惡視線，彷彿是要貫穿我的後腦勺。

『可惡哇！居然要把兩個女孩子帶回家！』

『這傢伙到底什麼來頭，居然可以和兩個美少女摟摟抱抱？』

『氣死了，不要在大街上公然腳踏兩條船啊！』

我忍不住懷疑起來，這些是我的幻聽嗎？不，說是幻聽未免也太真實了一點，感覺像是不知從何而來極為具體的心聲啊！

行人所投射過來的視線好像真的帶有重量，千斤似地壓在了我的背後，使得我一下子壓力激增起來，現在這種情況，最好還是盡早脫身離開。

「嗚、嗚……」

可是，要拖著兩個女孩子移動真的很困難，小千和黃之綾誰也不讓誰，堅持要把我拉近自己身邊一點……我的身體簡直要被扯成兩半。

這下慘了，按這樣子下去，還沒有抵達家門，我就要先筋疲力盡了。

好不容易回到家門口，兩名女孩一進門後第一件事就是興味盎然地對著我家中的擺設和環境品頭論足。

「哇啊，上次來的時候沒有注意，現在一看，打掃得真是乾淨，連地板都亮晶晶。姚子賢，看來你以後會是個好老公喔！」

「唔～這裝潢還挺有品味的，不錯……不錯。」

她們一邊看我家，還不時對我露出彷彿在看待價而沽的商品般的神色。

我感到有點不寒而慄，連忙開口說道：「我、我去幫妳們倒飲料，妳們先上樓去如何？」

我向兩人提議，同時也是讓自己能夠稍微休息一下。

走進廚房，我從冰箱裡取出果汁，順便伸展著疲累的筋骨……沿路走回來的過程中，小千與黃之綾各自用不同的步調走著，而且完全沒有要互相協調的意思。我整個人就像分成了兩邊，陪她們玩起了令人痛苦不堪的兩人三腳，狼狽的模樣甚至讓路人都忍不住多看了好幾眼，還有人拿相機對著我猛拍。

真是令人不願回想起來的一場惡夢。

大概休息了五分鐘，我心想不宜讓她們等候太久，於是把飲料裝進盤子裡，慢慢走上樓梯。

「嗚哇！妳們在做什麼？」

推開房門，我書桌的抽屜已被打開，棉被整個掀起，櫃子裡頭所有的衣物都跑出來見人……這兩人還在努力地搜查著書架及內務櫃，嚇得我差點沒把飲料打翻。

「妳、妳們太不尊重我的隱私了吧？」

「唔～這……全都被你看到啦？」

她們嚇了一跳，急忙藏起手上的相簿與剪貼本，可是一切早已被我看在眼裡，而且她們附近也沒什麼地方好藏。

我皺著臉看著小千與黃之綾，想聽聽她們究竟有何解釋。

「嗯……咳咳……」

小千支支吾吾了一陣，但是此刻人贓俱獲，根本百口莫辯，輕咳了幾聲後，她竟換上一副毫無愧色的臉孔，不、還不如說是光明正大到了坦然的地步。

「居然被你看到了，既然如此……喂！看了就看了啊，不然你還要怎樣？」

「什麼？」我簡直不敢相信自己的耳朵。

「我們可不是在做什麼虧心事，所以沒有必要遮掩。」小千對著啞口無言的我輕輕搖了搖手指，「我們只是在進行安全檢查喔！你可千萬不要誤會。」

「安全檢查？」

「是啊！畢竟，我們可是進入男生房間的女孩子呢！當然是要預防你藏了什麼危險的東西，會對我們不利……這是為了自保！自保！」

她把最後面那兩個字重複了兩次，強調著自己的正當行為，可是我怎麼可能被她牽強的理由說服？

我十分不以為然地瞪她一眼，「如果是黃之綾就算了，小千妳三天兩頭就往我房間跑，哪有理由檢查什麼東西？」

「啊啊！」小千張開嘴巴說不出話來，強辯道，「會……會跟女生計較這種事的男人，是不會受到女生喜歡的喲！」

「會做出這種事的女生，也休想受到男生歡迎吧！」

很好，勝券在握了！正當我準備對小千施以致命一擊之際，背後的流彈冷不防向我襲來。

「不過，姚子賢，如果你的房間裡沒有藏見不得人的東西，應該不必擔心被我們翻看吧？」

咦，黃之綾，妳……妳竟然站在小千那邊？我知道妳們是很要好的朋友，但是妳也不能這樣是非不分呀！何況我所認識的妳可不是那種對打探別人隱私有興趣的人。

小千立刻機靈地躲到了黃之綾的後面。

我沉痛地望著黃之綾，然而對方只是稍微撇開了視線。

「對不起，我實在忍不住好奇心。」黃之綾語氣平板地道了歉，可是臉上根本一點羞赧的神色也沒有。

「好啦，姚子賢，你不必在意，我們沒找到什麼見不得人的東西，所以這第一關就算你通過了。」小千拍拍我的肩膀，語氣真切地說。

「我不需要這種安慰！」我哭笑不得地搖了搖頭。

「的確是沒有找到什麼不該有的東西，只不過找到了貼滿小實姐相片的相簿、繁星騎警的海報冊，還有這張鋪在書桌桌面的小實姐的超大型明星寫真。」

「而且藏在床鋪底下的居然是滿滿的小實姐的畫冊和數據集！」

「天啊……不是說青春期男性床鋪底下所收藏的東西，都和他們的癖好有著絕對的關聯嗎？」

「呃呃……是嗎，那這樣看起來好像也沒有比較好。」

兩人妳一言我一語地拚命挖苦，我終於受不了地大喊：「妳們鬧夠了沒有？拜託，我們開始做點正經事吧！」

我無力地垂下了肩膀，真是的，也不知道究竟該不該對她們發怒，不過我知道生氣對她們來講毫無用處，以這兩個人的性格，根本就不會把我的怒火當一回事。而且最重要的是，我現在連發怒的力氣也提不起來了，唯一能做的就只有無奈地抽動著嘴角。

「哎呀，姚子賢，你還真是著急呀！」

「男孩子難免急性子嘛。」黃之綾斯條慢理地說道，接著堂而皇之地在我的床上坐下，「既然有人已經迫不及待了，我們就開始吧！」

「好啦，開始！開始！」

緊跟著，小千也像是逮到時機般，迅速地霸占了我的椅子，並且反轉過來把下巴靠在椅背上。

「妳、妳們……」

唉！算了，她們愛坐哪裡就坐哪裡吧！

我默默地把預先準備好的座墊推開，在房間中央清出了一小點空間，用來放置原本收藏在書桌底下的數本厚厚的資料夾。

「那麼，現在，第二屆繁星騎警祕密後援會議正式開始！」

我歡欣鼓舞地說道，辛苦了這麼久，所期待的就是這一刻。

「哇喔。」

「喔～」

「繁星騎警萬歲——」

啪啪啪啪啪——

啪、啪、啪。

啪！啪！啪！啪！

我們三人各自表現出了對期待已久的會議的興奮。

「會議開始，那麼，我們先把目前掌握的現狀稍微整理一下吧。」

黃之綾說完拿出了紙跟筆……一旦她的手上握起了文具，感覺整個人都變得興致勃勃了起來。

「這半個月以來，黑暗星雲依舊對一純鎮展開零星的侵略攻擊，雖然小鎮仍然受到不少損傷，但是已經沒有之前的情形嚴重。推測原因有兩個，第一、繁星騎警正式出現在眾人眼前，進駐一純鎮並且和警方展開良好的合作；第二、黑暗星雲並沒有派出四大護衛等級的怪人，近來所露面的怪人都是繁星騎警可以輕易收拾的等級。」

「沒錯。」看著黃之綾和小千都幹勁滿滿的模樣，我讚許地點了點頭，接口說道：「這一切的轉捩點就是半個月前繁星騎警正式在大眾面前現身，不再當隱身暗處的英雄，現在繁星騎警可說是鎮上最受到矚目的人物了喔！根據統計，晚間新聞時段，繁星騎警的消息就占了全部新聞的三分之二！」

我得意洋洋地對著兩人秀出自製的剪報，只不過她們好像一點興趣也沒有，連看都不看一眼。

黃之綾好像故意對懊惱的我視而不見一樣，繼續補充說明：「雖然繁星騎警正式現身，可是一純鎮所受到的威脅狀況不但沒有好轉，反而更為惡化。黑暗星雲新上任的執行官天智魔女以激烈殘酷的手段進行侵略，除了四處破壞建築，也讓許多人因此受傷。」

黃之綾接著掏出了手機，對著我們現出網路上的影片，畫面上穿著戰盔的少女身姿讓我的眼睛頓時為之一亮。

「喔喔！繁星騎警萬歲！」

「閉嘴，不要吵鬧，姚子賢。」小千立刻斥責。

滿屋子的記者包圍著鎮長及繁星騎警，大家正七嘴八舌地拋出一連串問題。

「……所以，請問繁星騎警針對這件事有什麼看法……繁星騎警？」

「呼……呼，咦，啊啊？怎麼了？」

「繁星騎警，妳剛才是在打瞌睡嗎？」

「啊，對不起，我、呃，我剛剛沒有……你剛剛問了什麼嗎？」

「繁星騎警，大家在追問上次怪人『鬼泥鰍』向路邊女子拋擲滑不溜丟的鰻魚，害得許多女性心靈受創，為什麼妳那麼晚才到？」

繁星騎警帶著歉意地說：「這個，不好意思，因為配合警方單位的通報，我出動時必須聽從命令，寫一大堆報表，我不會處理這種東西……咦，什麼，警察局長，你說這種事不可以講出來？」她慌慌張張地看了看左右。

記者繼續追問：「這太荒謬了，繁星騎警，妳的任務是與怪人們戰鬥，可是自妳現身以來，真正和怪人交手的次數不到兩次，其餘時間妳一到現場，怪人都已經破壞完畢了。妳現在吃、住都是大家提供，難道不覺得應該做些什麼回報我們嗎？」

繁星騎警哭喪著臉孔，鎮長急忙跳出來打圓場，「好了好了，繁星騎警已經很累了，今天的記者會到此為止。」

但是記者們依然不肯罷休。

螢幕又轉到另一個節目。

這次是某個政論節目，長得古怪畸型的名嘴們針對像是「繁星騎警為何遲遲無法消滅黑暗星雲」、「他們是否有勾結」之類的主題，發表了質疑的言論。

「看起來狀況有些慘不忍睹啊！」黃之綾評論。

實在令人憤慨。

「他們認為繁星騎警已經沒有辦法繼續從黑暗星雲的手中保護他們了……我覺得這些傢伙

真的很可惡，明明以前被繁星騎警保護這麼多次……」

「姚子賢，麻煩你在評論時不要摻雜個人情緒。」

黃之綾皺起眉頭瞪了我一眼，就在我們兩人飛快地妳一言、我一語交換著情報之際，她手上的原子筆一刻也沒有停下來，迅速在筆記本上做記錄。

黃之綾有個非常強大的能力，就是在處理會議紀錄和公文時可以一目十行，或是用神速進行記錄。

「但是，重新替繁星騎警塑造形象的任務刻不容緩。」她就連用字遣詞也像極了公務員，大概是和家教有關，「就我個人聽到的消息，繁星騎警的確時常在會議上打瞌睡、講話也不是很得體，或是有問沒有回答，讓一起工作的公務員或是警察頗有微詞，這些都是我們必須加以注意的警訊。」

「妳怎麼會知道這麼多消息……啊，真不愧是鎮長的女兒。」

「等等，等等，我快要沒辦法消化啦！」小千拚命喊停，抓著頭髮，一副吸收了過多資訊腦袋快要爆炸的模樣，「姚子賢、小綾你們實在是太厲害了，居然可以一口氣說出這麼多又長又複雜的話來。」

「哎唷！這沒什麼啦，我只是把一純鎮所面臨的現狀稍微敘述一下而已。」黃之綾謙虛地說，「接下來才要開始下一步行動的討論呢，我們三個人要一起集思廣益。」

「哎唷，這、這個……我、我會努力的。」小千俏皮地吐了吐舌頭，「但是可不可以先暫停，讓我稍微把腦袋冷卻一下？」

看著小千一副已經無法應付的樣子，黃之綾無奈地聳了聳肩，「那我們就先休息一下。」她們兩人一個露出了眼神渙散、腦袋全都燒壞了的模樣，另一個則是趁著空閒努力按摩自己的肩膀。

我心想，正好把握良機。

「趁著這個時候，不如我們來個臨時動議吧！」我提議。

「臨時動議？」驚訝的兩人不約而同地望向我。

「沒錯，這次的主題是關於繁星騎警的進一步研究。」我興致高昂地揮著手說，「既然我們身為繁星騎警祕密後援會的成員，當然必須對繁星騎警的一切事蹟有詳細充分的瞭解囉！我做了影片，讓我們能夠加強自己對於繁星騎警的認識……剛好也能夠成為我加入一星援後對成員做的宣教影片。」

「呃……雖然我不知道你葫蘆裡賣的是什麼藥，但是你說得好像挺有道理的。」黃之綾蹙著眉，「你想要怎麼做？」

「大家都同意了吧，那我就開始囉！」

「嗚哇，姚子賢，你幹嘛忽然關燈？」

黑暗中響起了兩人的驚呼。

「該不會是想要對我們做什麼吧？」

小千裝模作樣地發出了驚恐的尖叫聲——真是的，其實她根本一點不害怕嘛，鬼吼鬼叫的聲音倒是裝得有模有樣，真是個愛玩的傢伙。

「姚子賢，你說說話呀，黑黑的好恐怖喔，嘻嘻嘻！」

我才不理她，摩拳擦掌地從床鋪下搬出了一臺機器。

「姚子賢，你在玩什麼把戲？」黃之綾語氣輕蔑地說，彷彿對這一點點小小的黑暗完全不放在眼裡。

我絲毫沒有陪她們起鬨的閒情逸致，收起所有玩鬧的心態吧！為了接下來即那無比莊嚴的神聖時刻，我們應該要以最崇敬的心、最讚嘆的態度來瞻仰。

我俐落地操作起了儀器。

「各位請看！」

雖然在黑暗中看不見，然而我還是如同呈現極為偉大的藝術品般誇張地抬起了我的手臂。

在鋪展開來的銀幕上，投影出了（我精心製作的）幻燈片。

幻燈片中，呈現了一名樣貌驚為天人、身形婀娜多姿、反應聰慧靈敏，可說是集聚了天下女子靈秀九成九的精粹，完美得無可挑剔的少女。

「啊啊！」

我實在忍不住了！無論看了多少次，依然打從心底讚嘆──這容貌，真是玉女下凡、天仙出世；這體型，真是增一分則太肥，減一分又太瘦；這一顰一笑，猶如天使般深深攫住了我的靈魂。

此時我的感動實在無法訴諸言語，全心全意都沉浸在這猶如藝術品般的影像中。

「啊啊，各位看呀，繁星騎警這美麗動人的身姿～」

「姚子賢，你在幹什麼啊？」耳際迴響的是小千納悶的發問，「這哪是繁星騎警？」

「她明明就是，嗚嗚……」

我緊扣著十指，忘我地對著影片上的少女做出了虔誠的祈禱手勢。

「……姚子賢。」黃之綾的聲音從黑暗中冷冷地傳來，「你給我們看小實姐小時候的照片幹嘛？」

啪答！

「呃啊！」

刺眼的強光讓我忍不住遮住雙眼，我一不小心摔倒在地。

喂！是誰在這個時候突然開燈？

我抬頭一看，站在電燈開關旁的黃之綾居高臨下地俯視著我，冰寒的眼神簡直可以把杯子裡的水結凍起來。

「怎、怎麼了嗎？」

「還問我怎麼了！」黃之綾沒好氣地說道：「你不是說要加強我們對於繁星騎警的認識嗎，怎麼變成讓你來炫耀小實姐了？」

「妳誤會了。」我說道：「我們既然要成為繁星騎警最堅實的後盾，自然要多認識她一些不可。畢竟……繁星騎警就是我的姐姐——姚子實嘛！」

啊啊，我的嘴巴！

終於，我還是親口說出來了，說出了這個會讓全小鎮居民聽到之後從椅子上跳起來的驚天動地的祕密。

在這個小鎮上，無人不知、無人不曉的超級英雄「繁星騎警」，與我之間其實有著極為緊密的牽連——她就是我的親姐姐。

我閉上雙眼，敞開雙手，在心底深深為了自己的虛榮心產生了愧疚，雖然我從小到大一直牢記著做人必須謙遜的道理，但是我誠實地面對自己，心裡還是忍不住感到驕傲。

有一個身為超級英雄的姐姐……不，不僅是如此，成為像姐姐這樣完美的人的弟弟，本身難道不就是一件讓全天下的人感到妒恨的事嗎？

我真是個罪孽深重的男人！

可惜黃之綾像是完全體會不到降臨在我身上的那悲劇性的淒美，理所當然地說道：「我們當然知道繁星騎警就是小實姐。」

這個人張開嘴唇所吐出來的話語就像是十二月的寒風那般冰冷，顯然是認識姐姐還不夠久，所以沒有感受到姐姐那有如春風般的薰陶，以至於無法變成一個柔和溫婉的人。

「所以，這跟我們被迫要看小實姐包尿布、吸奶嘴的照片有什麼關聯？話說回來，你到底是怎麼弄到這些照片的？怎麼會有人會這麼仔細地保存姐姐還是小嬰兒時候的照片呢？」

「妳這樣說就是思慮有欠周到了！」看來我有必要把這件事情的重要性告訴她，「這是為了讓妳們更加深入地認識繁星騎警。姐姐從小到大都是那麼地可愛，長大以後成為人見人愛的超級英雄，從小就能看出端倪。所以只要妳能把這些珍貴的紀錄全都看完，就能好好地體會繁星騎警的魅力啊。」

怎麼樣，這個理由夠正當吧？

「根本風牛馬不相及。」

「明明就很有關係，妳說是不是啊，小千？」

「蛤？」出乎意料地，被我點名到的小千露出了困惑的眼神，「我是不知道啦……這兩件事有什麼關聯嗎？」

我整個人差點都要昏過去了。

太有眼無珠了！小千，妳明明認識了姐姐這麼久，怎麼還會看不出姐姐樸實無華中所展現的偉大？

「姐姐是全世界的瑰寶，她身上值得我們研究的地方數也數不完，而這些紀錄所蘊含的價值，已經和世界級文物同等級了。」

我按住前額，勉強讓自己不要因為激動而倒下。她們完全不瞭解我那崇高偉大的理想，看樣子我非得好好教育她們一番！

我滔滔不絕地闡述起來：「可別小看了我所收集的這些資料，它們是全世界對姐姐的成長過程最為詳細忠實的紀錄喔！」

這些紀錄檔案不但珍藏多年，絕不輕易公諸於世，為了避免有心人士的覬覦，我小心翼翼地把它們藏在安全處所，設下了多重防護，任何想要染指這些珍寶的歹徒，下場就是後悔出生到這個世上！

啊啊！看著小千臉上顯現出來的表情，她一定聽得驚呆了，才會露出那樣的眼神。

我得意地繼續說明：「此外，為了不讓這些屬於全人類的珍貴資產失傳，我打算等到適合的時機，將資料全捐給值得信賴的博物館，讓專責機構妥善保存。這樣一來，世界上的每個人都有機會可以接觸到姐姐的光榮事蹟了。」

這無疑是個世界性的偉大計畫啊！我正在為了全世界人類的福祉鞠躬盡瘁。

然而，儘管我說得口沫橫飛，眼前兩人還是一副心不在焉的模樣。

「停！」黃之綾舉起手打斷我的演講，「你那些熱血沸騰的長篇大論留到以後說，我們先來討論比較重要的事好嗎？」

「還有什麼事會比觀看姐姐的影片更重要？」

「明明還有很多！」黃之綾生氣地說道，「我們今天可是來進行關於『支援繁星騎警，打擊黑暗星雲』的會議，這件事難道不重要嗎？」

我不情願地發出了嗚咽聲。

「等到正事談完了，小實姐的影片你愛怎麼看就怎麼看，我都不會干涉，但是現在——該先面對更重要的事情。姚子賢，讓小實姐變得更受人歡迎固然很重要，可是你也不要迷失了自我。記得，黑暗星雲可是和繁星騎警一樣重要！」

她不容辯駁地搶走了我手上的遙控器，迅速關掉了投影機電源，一雙憤怒的眼殺氣騰騰地注視著我。

在她身旁的小千也露出慶幸的表情，偷偷吁了一口氣。

「可是，我……」

「厄影！」

黃之綾嚴厲地叫出了一個名字，被她這麼一喊，我頓時渾身發顫了一下。在這一瞬間，我從黃之綾的聲音裡，聽見的是屬於另一個身分所散發出的威嚴。

我被她的氣勢懾服，她卻又再次嘆了口氣。

「唉，姚子賢，我知道小實學姐離家出走這麼久了，你現在心裡一定很不安。但是，不正是因為小實學姐如今跨出了那一步，在大家的面前作為一個英雄散發光芒，你才會因此覺得驕傲嗎？而且，為了讓她的路走得更順遂，正是我們集合起來的最重大理由，不是嗎？」

氣氛忽然之間就沉默了，黃之綾的話就像一根針一樣刺進了我的心裡，有好一陣子，我只能低著頭，無法反應。

這時，一樣柔軟的物體搭著我的手，我抬頭一看，是對我露出溫柔微笑的小千。

還有我雖然看不見，但也能察覺到黃之綾稍稍挪移了身體，輕拍了幾下我的肩膀，鼓勵著我。

「你並不孤單，姚子賢。」

「妳……妳說得沒錯。」

我忽然感受到一股強烈的酸楚湧上鼻腔，強忍著想要放聲大哭的衝動，努力平靜地開口：

「那，我們現在該討論些什麼？」

我盤腿正坐，面對著她們。

「第一件任務——整合一純鎮內所有的繁星騎警後援會，已經大致上完成。姚子賢，這點要多虧了你，不但從網路上向各個後援會散發情報，也精準地掌控了論壇的輿情，甚至連最神祕、最難以打入的一純高中繁星騎警後援會，也在今天搞定了。」黃之綾對我投以讚許的目光，

「但是還有第二件任務。」

「黑暗星雲。」小千說。

我們三人互望了一眼。

「沒錯，這可是比和那些狂熱粉絲打交道更困難。」黃之綾不安地說，「黑暗星雲是繁星騎警最大的死敵，一日不除，小鎮的安危就一日懸於鋼索之上，然而我們要擊破的可是擁有超高科技的邪惡侵略組織。」

「但是我相信你們兩個肯定會有辦法的。」小千得意地對著黃之綾搖了搖手指，「畢竟誰也不會想到，我們這個祕密後援會裡有兩名原黑暗星雲幹部呀，妳說是不是，冷夜元帥？」

然後轉向我。

「以及厄影參謀。」

黃之綾苦笑了一下，「妳太抬舉我們了，小千，自從那個叫做天智魔女的傢伙擔任黑暗星雲最高執行官以來，我們就已經遠離組織的決策圈了。」

「天智魔女是一個獨斷獨行的人，有任何想法都不會和其他人討論。在接獲命令前，我們也難以窺知下一步的情報。」我說。

「那個天智魔女，就是把黑暗星雲變成現在這個樣子的人，是嗎？」小千悶悶地說，「變得既恐怖，又殘暴。」

黃之綾和我都沉重地點了點頭。

天智魔女，可說是黑暗星雲改變的最大關鍵。原本的黑暗星雲是以歡樂又荒謬的風格侵略一純鎮，然而她到來後，卻實行起了恐怖主義，多次發動大規模的破壞，讓小鎮瀰漫在一股愁雲慘霧中。

甚至還有一次，在天智魔女最得力的手下「四大護衛」策劃的陰謀裡，害得小千到鬼門關前走了一遭，所以縱使已過了一段時間，一旦提起天智魔女的話題，仍聽得出她的聲音裡有著微微顫抖。

「她真的是個很可怕的人，萬一她發現你們是臥底……」小千顫抖地捂住了嘴，「嗚！後果我真不敢想像。」

「雖然這個任務確實艱鉅，但是我們一定能完成。」黃之綾堅定地說道，「畢竟要是我們不挺身而出，我們最喜愛的小鎮一定會因此而被毀掉。」

「妳說的沒錯，為了姐姐、為了一純鎮，哪怕是龍潭虎穴也要闖它一闖。更何況，現在天智魔女不知我們的行動，敵明我暗，對我們來說是最有利的情況。」

「很好，大家都沒有喪失鬥志。」黃之綾嘉許地說，「當務之急，我們要先整合各大後援會的力量，把最近遍布在鎮上對繁星騎警失望的輿論導正過來，我懷疑這些流言根本是天智魔女有意散播出去的。」

「嗯，一旦獲得了大家的支持，我想小實姐也能更有精神對抗怪人。」

「接著，我們最好能夠取得更多有關黑暗星雲下一步的情報，只要提早做準備，就能將傷害減到最低。」

「姚子賢說的沒錯，只是這不是一蹴可幾的事。」黃之綾下了結論，「接下來，我們就以這些為目標好好努力吧！」

「喔！」我們同時伸出手，交疊著手掌為彼此打氣。

黃之綾抬頭看了看牆上的時鐘，「嗯……時間不早了，我還得趕公車回家呢！」

「我送妳去站牌吧！」小千自告奮勇地起身。

「不用送我們了，姚子賢，這些杯盤就勞煩你收拾了喔！」

「好的。」

「喔，還有。」

「什麼事？」我停下了收拾杯子的手，疑惑地抬頭看著她們。

不管是小千，還是黃之綾的臉上都露出了溫和的微笑。

「如果你有什麼事情，不要老是悶在心裡，我們都非常願意傾聽的。」

「我們可是朋友唷！無論你是因為想念小實姐而寂寞了，還是任何事，都歡迎來找我們聊聊。」

一時間，在我的心頭湧上了一股暖意。按捺著微微激動的情緒，我輕輕笑著點點頭，「謝謝妳們，我會的。」

然後她們兩個人便開門走出去了。

收拾好房間，回到書桌前坐下，我打開電腦，接著像往常一樣，在搜尋引擎中尋找有關繁星騎警的新聞。

網頁顯示了成排的搜尋結果，我一點也不想看政論名嘴們在節目上大談那些言不及義的話，便選了幾項擷取的新聞。

這陣子以來，繁星騎警儼然成為最受媒體矚目的寵兒，不管去到哪裡，總是有一大批記者如影隨形，畫面中的繁星騎警，剛從下榻的旅館中走出，馬上就被人群團團包圍。

「繁星騎警，請問妳對於最近打算如何因應黑暗星雲連續的攻勢？」

「繁星騎警，為什麼妳昨天這麼晚才出現擊退怪人？假如妳及時趕抵，也許就能免去一場災難了。」

「繁星騎警，關於有人說妳最喜歡的顏色是紅色，妳有什麼看法？」

種種的問題一波波地襲向繁星騎警，簡直是疲勞轟炸，她顯然窮於應對，支支吾吾地趕快自現場離開……只不過，這樣的情況在旁人的眼中，更像是匆匆忙忙逃走。

結果，得不到滿意答案的記者，在鏡頭前任意下起了結論。

「看來繁星騎警對於現在的情況同樣束手無策，那麼，鎮民的將來，又要交給誰來保護？」

「繁星騎警顯然不願對此多談，很遺憾大家的問題得不到答案。」

「連這樣的狀況也無法解決，看來我們的英雄也沒有想像中可靠。」

這些傢伙，都忘記是誰每日辛辛苦苦地保衛小鎮了嗎？

「嗚啊！」

我隨便抓起手邊的東西，憤恨地猛摔。

啪答！垃圾桶被撞擊得搖搖晃晃，而那件東西也因為承受不住凶猛暴力而在牆角碎裂開來。

我立刻為自己魯莽的行為感到了後悔，連忙衝過去，心疼地拿起了斷成兩半的鋼筆。

這支鋼筆是我升上高中時姐姐買給我的禮物，也是姐姐至今以來送給我最昂貴的東西。

我難過地看著再也修復不好的鋼筆，失望地坐在牆角。

「姐姐，看來要當個人人稱讚的英雄並不容易啊！」

在這個講究宣傳與包裝的年代，按照特攝節目與英雄動畫的那套標準，埋頭苦幹打擊怪人的姐姐，似乎怎麼也無法讓所有人滿意。

走在成為人民英雄的這條路上，並不如姐姐一開始設想的那麼順遂，橫跨於險峻現實與美麗幻想間的鴻溝實在太過巨大。

姐姐一直以為只要腳踏實地、努力增強自己的力量，就能獲得大家的肯定，沒想到媒體公關卻是比怪人更為可怕的敵人。

可是，姐姐不需要擔心！妳的背後永遠都有我在！

我振作起來，重新回到書桌，打開抽屜拿出了一本素色的筆記本。牛皮紙封面上，用鋼筆清楚地寫上了斗大的標題：繁星騎警與黑暗星雲。

一純鎮原本只是一處遠離都會與工業區塊，自給自足、民風純樸的鄉間市鎮，任誰也想不到，就在一年前的某一天，小鎮竟會遭到邪惡侵略組織伸出魔爪。

直到現在，依舊無人知曉黑暗星雲究竟從何而來，又有何目的？人們唯一清楚的是，這個神祕的邪惡組織派出了數量龐大的怪人，執行可怕的侵略行動——

他們破壞了郊外的煉油工廠，造成火災，卻也意外破獲了不肖商人私自煉製的黑心油；夷平了山坡地上的建案，差點造成建商破產，同時也使得長年以來山上的土石流從此消失；還有損毀違停的車輛、行搶放高利貸的商人……族繁不及備載，可是說起來，他們對小鎮到底是好還是不好？

不管怎樣，黑暗星雲自詡為小鎮的敵人，這些怪人的力量遠遠超乎人們的想像，不但刀槍不入、水火難侵，更是配備了現代科技無法解釋的古怪武器，不管是警察還是士兵，都對他們束手無策。

只有姐姐……啊不，是只有同樣神通廣大的繁星騎警能夠對付得了他們。

我在書桌上攤開筆記本，謹慎地寫下幾個小字：「一星援會長位置確保完成！」

哈哈！我做事真是有效率極了。

我的腦海中浮現了一項又一項計畫的雛型，內容都是如何運用網路的力量塑造繁星騎警更好的一面。我把龐大的計畫架構飛快地寫了下來，寫完後我闔上筆記本，把它放回書架，露出滿意的笑容，仔細欣賞眼前的光景。

書架上成排陳列著的剪貼、筆記，每一本都是我絞盡腦汁的心血，這些計畫與資料將會把繁星騎警推向最光明的前程。

也許是過於興奮的緣故，我竟開始自言自語起來：「努力到了今天，終於讓我成功地把一純鎮上勢力最龐大的四個粉絲組織全串連到了一起。」

我嘆了一口氣，這一切都是為了繁星騎警。

不只是一星援，一純商店街繁星騎警後援會、繁星攝影師聯盟，還有百貨公司服務生和OL的祕密結社「美麗繁星」，要打入他們的圈子，都不是什麼簡單的事。這些粉絲團體為了證明自己才是最支持愛戴繁星騎警的人，彼此間鬧得水火不容，對於小鎮而言並不是一件好事。

「不過不要緊，我會想辦法消弭他們之間的矛盾。這樣下去，繁星騎警或許會成為有史以來最受到人民愛戴和支持的英雄！」

啊，不對，不是或許，而是一定！這天的到來，指日可待！

我感到熱血沸騰、充滿期待，忍不住就在房間裡頭蹦跳歡呼起來，結果我的肚子卻在此時咕嚕咕嚕地發出了叫聲……哎唷！好難為情喔，高亢的氣氛一下子全被破壞掉了。

好吧！今天的工作暫時先到這裡，我下樓進廚房準備晚餐。

我從冰箱和櫃子裡頭拿出食材，然後開始思考今天晚上的事。爸爸和媽媽去參加演唱會了，不會回來吃晚飯。

演唱會本身沒什麼值得一聽的地方，只不過是個不怎麼出名的小樂團做的巡迴表演，然而特別的是，主辦單位宣布今晚繁星騎警將會以特別來賓的身分出席——因為姐姐也是那個樂團的粉絲。

雖然爸爸、媽媽依舊表現出對姐姐很失望的樣子，卻還是忍不住去姐姐出席的地方偷偷看她，看得出來他們對姐姐實在是既頭痛又關心。

看在我的眼裡，只覺得如果他們能夠停止這種矛盾就好了。

自從姐姐離家，我們家不但停止訂閱報紙，就連晚餐時段也絕對不會切去播放新聞的電視頻道，就是深怕觸及任何有關姐姐的新聞消息。

即便如此，我還是知道爸爸每次去便利商店都會偷瞄報紙上的內容，關切繁星騎警與怪人的對戰情形，而媽媽則會和鄰家的阿姨、大嬸們探聽姐姐的近況。

我們假裝問題不存在，但它其實一直在那裡，不曾消失。

爸爸、媽媽的反應會這麼戰戰兢兢並非沒有原因，姐姐的行為已經觸犯了γ-12星的律法，嚴重的話將會被剝奪銀河特警的資格，他們每天都在擔心母星發現這件事，不知會下達怎麼樣的懲處。

但是我卻不這麼想。

γ-12星的法律根本沒有規定特警要以什麼樣的方式駐紮在任務星球，既然這樣，不論是當超級巨星也好、隱姓埋名也好，只要能夠保護地球，管他用什麼方法不都可以嗎？沒道理非得強迫姐姐過著困苦艱辛的生活。

雖然我一開始也很不捨姐姐的離開，但是既然姐姐想要放手高飛，身為弟弟的我，就一定要成為她最忠實的擁護者不可！

可惡，大概是因為我一直胡思亂想的緣故，不但把菜燒焦了，還被爐火給燙到。

正當我一邊吮著手指頭，準備把炒好的菜端上餐桌，家門口的電鈴同時響了起來。

「是誰啊？」

我不由得喃喃自語，這時還會有誰來拜訪？

我關掉瓦斯爐，走去應門。

「來了。」

我打開門，發現眼前站著的是一名從沒看過的陌生女子，年紀約在二十五、六歲上下……

咦，不對，第一眼看見她時，我的腦海裡竟浮現一種熟悉感，我在哪裡見過她嗎？

「請問妳是……」

正當我狐疑不定之際，她的表情卻像是比我更意外。

「嗯，怎麼回事？目標居然是你這樣的小毛頭啊？算了算了，還是動手吧！」

咦，她說要動什麼手？

我還來不及反應，女子便舉起了手臂，緊接著背後閃出一個身影，乍看之下，模樣竟然有點像是個女高中生。

「乾……」

我睜大雙眼，第一個念頭就是轉身逃命，可惜已經太遲了。

「……闥婆？」

這是我最後吐出的字句，霎時一片黑暗籠罩在我眼前……

PRODUCTION

姐姐是地球英雄，弟弟我是侵略者幹部

天智魔女的陰謀

02

「嗚……」

腦袋像是快要裂開來一樣，痛得要命，不知經過了多久，我迷迷糊糊地醒了過來，驚訝地發現自己被綁在椅子上，動彈不得。

「喔，已經恢復神智了嗎？醒得還真快。」

坐在我床上的女子放下了手上書本，從容不迫地戴起一旁的面具。

戴上面具的女子模樣使我忍不住倒抽了一口冷氣。

「天智魔女？」

「嗯，你剛才說什麼？」

「不，沒什麼。」我連忙低下頭，明知道這樣沒有用，但還是下意識地躲開她的視線。

我曾經被緊那羅綁架，作為迫使姐姐與迦樓羅戰鬥的工具，天智魔女可能早就知道這件事了。這、這麼說來，她今天是來肅清我的？

天智魔女看著我渾身打冷顫的樣子，不以為然地說道：「何必這麼緊張，我以為我們的初次見面可以更加輕鬆一點的。」

哈哈，換作是妳，被人綁在椅子上會是什麼感覺？這種情況下，恐怕只有天智魔女能夠輕鬆得起來……咦，等等，她說什麼？初次見面？

天智魔女不曉得我是誰嗎？

儘管我不知道理由是什麼，但是這對我來說真是個意外的驚喜。我的腦袋雖然還是一片混亂，但總算稍微冷靜下來。

「妳是誰？」

天智魔女狐疑地瞥了我一眼，但是終究沒有放在心上，「我真是失禮，居然忘了先和你自我介紹，姚子賢同學。」

她呵呵笑著，用一副「我早把你摸得一清二楚」的目光注視著我，「我是天智魔女，黑暗星雲的最高執行官。」

「黑、黑暗星雲！」我裝作驚恐地高呼。

「噓～小聲點，你也不想嚇到鄰居，對吧！」天智魔女豎起食指放在嘴唇邊，恐嚇我說，「假如你喊救命的話，大家都會很困擾的——我說的大家可不只是我，還有你的鄰居，以及你自己……你不希望變成下一個怪人實驗用的材料吧？」

我拚命地點頭，知道天智魔女很可能真的會把這件事付諸實行，聽得我心驚肉跳。

「很好，我喜歡乖乖聽話的人。」天智魔女滿意地揚起嘴角，「不必緊張，我今天來不是為了傷害你。姚子賢同學，我是來和你談合作的。」

「合作？」我大為驚奇，這……究竟她葫蘆裡賣的是什麼藥？

「一純鎮上有好幾個繁星騎警的後援團體，他們都各自有專屬的網站或論壇。」天智魔女雙手交叉在胸前，慢條斯理地說，「我還真的不得不佩服呀！姚子賢同學，光憑你一個人就能同時運用好幾個帳號，在繁星騎警支持者的論壇之間，操控起大家的言論，把一切導向對繁星騎警有利的方向。」

我的呼吸頓時變得急促起來，看見我狼狽的模樣，她露出了勝利般的笑容，「你一定很訝異我怎麼會知道。我利用了最先進的駭客技術，追蹤論壇上最活躍的帳號，赫然發現所有的訊號來源都指向了你的位置——這時我才恍然大悟，原來你就是繁星騎警在一純鎮上的形象塑造大師。」

「所以，妳是來剷除我的？」我吞著口水，膽顫心驚地問道。

「真是的，剛剛不是才誇讚過你嗎，怎麼一下子又笨了起來？」天智魔女責怪似地瞪了我一眼，接著肆無忌憚地戳起我的鼻子，「我說過了，我不是來傷害你的。」

我完全不能反抗，只能任憑天智魔女玩弄。

「妳說……妳要來和我談合作？」我想了一想，「妳想要讓我……發布對繁星騎警不利的言論？」

「唷！聰明，腦筋轉得很快。」天智魔女捏揉了一陣，終於不再玩弄我的臉，說：「但很可惜，你猜錯了。」

她傾身向前，慢慢地開口：「仔細聽好了，明天下午三點鐘過後，黑暗星雲將要對一純銀行展開攻擊。我要你，把這件事散播在網路上讓所有人知道，也包括繁星騎警。」

「為什麼？」我訝異地睜大了眼睛，「難道，妳要設下陷阱，引誘繁星騎警嗎？」

「呵呵呵……你是說陷阱嗎？好吧！那也可以說是一種陷阱，只不過和你想像的完全不一樣。看你的態度，好像不怎麼相信我的樣子，真是讓我受傷。」

天智魔女雖然這麼說著，卻一屁股霸占了我的床，傲慢地說道：「你想想，我為什麼要大費周章地跑來，只為了說一個謊騙你？不如我順帶告訴你，明天的侵略行動是由怪人鋼爪虎、遁地獸和大熊貓執行的，這樣你總該相信了吧？」

我立刻在腦海搜索起這份名單，禁不住打了個冷顫。這些名字確實都是黑暗星雲最近研發出來的怪人，只不過他們是由萬智博士所製造出來的次級怪人，在能力上根本不是繁星騎警的對手。換句話說，倘若天智魔女沒有說謊，那麼繁星騎警明天所對上的根本是不堪一擊的敵人。

「你一定要把這件事好好地散播出去啊，萬一慢了，怪人們恐怕就會把一純銀行的金庫給徹底掏空了呢！」

「嗚，妳究竟有何目的？」

「傻孩子，這種事我會告訴你嗎？你只要乖乖按照我的話去做就對了。你不是很希望繁星騎警成為名副其實的小鎮英雄嗎？我會達成你的願望的。」天智魔女伸出了腳，戲謔地踢了踢我的小腿骨，「不過，要是你把關於我倆之間的祕密說出去可就不妙了……乾闥婆！」

「嘿！我在！」

我費盡了力氣勉強轉動腦袋，一身女高中生裝扮的乾闥婆不知何時蹦蹦跳跳地出現在我房間的門口。呃，她的手裡還端著一碗東西，正在愉快地吃著……慢著，那不是我的晚餐嗎？

「哇啊！主人，這傢伙做菜好好吃喔！」

天智魔女像是個寵溺女兒的媽媽般，半是煩躁半是放任不管地開了口：「不要再貪吃了，現在有工作要交給妳辦，剛剛說的話妳聽見了嗎？」

「聽見了。」

乾闥婆嘻嘻笑著走到我的面前，我不安地看著她，結果她皺起了眉頭說：「啊～你不就是那個變態嗎？」

什麼變態？為什麼我莫名其妙地被她罵？但是乾闥婆完全沒有解釋，把吃得一乾二淨的碗隨意擺到我的桌上，然後換上了一副認真表情。

我緊張地不停舔著嘴唇。在天智魔女的四大護衛中，乾闥婆是最神祕的一位，天智魔女從不曾讓她參與任何侵略計畫，因此沒有人知道她真正的能力是什麼。

此時，只見乾闥婆不斷靠近，而被綁在椅子上的我完全無能為力，太可怕了，我究竟會被做些什麼？

就在我忐忑不安的同時，乾闥婆伸出了雙手，捧住了我的臉頰，湊上了她自己的臉。

「嗚、嗚哇！」

乾闥婆露出了眩惑的微笑，可是相反地，我不由得發出了緊張的呻吟。好近、好近，簡直連鼻尖都快碰到了！

乾闥婆就這樣直直地凝視著我的雙眼……弄得我昏昏沉沉，就在我認為接下來一定會發生什麼事的時候，她放開了我的腦袋。

「好了，完成了。」

咦，這樣就結束了嗎？

我大口呼吸著新鮮的空氣，渴望能夠稍微安撫一下緊張得狂跳不已的心臟。乾闥婆離開我的身旁，什麼事都沒發生。

看著我充滿迷惘的神色，似乎勾起了天智魔女的笑意，「放心，乾闥婆不會對你的身體造成任何影響，只是稍稍改變了你的心智。從現在開始，我的存在對你而言就是至高無上的祕密。你要記得，我吩咐的事，一定要立刻處理。喔，對了，明天的事，弄得越熱鬧越好，知道了嗎？」

「遵命！」

不知為何，我的心裡突然湧現一股非常想要滿足天智魔女的欲望。

天智魔女滿意地點點頭，接著起身離開了我的房間。

就在出去之前，乾闥婆替我解開繩索。

「掰掰了，變態。」

我無法回應她什麼，腦袋裡頭依然是一片混亂，可是過不了多久，我的身體好像被某種事物控制住了般，自動地往書桌的位置移動。

我打開了電腦，接下來……

「仔細聽好了，明天下午三點鐘過後，黑暗星雲將要對一純銀行展開攻擊……」

怎麼會又想起這句話呢？我手中的掃把因為微微失神而停了下來。打掃時間，幾名男同學放著該做的整潔工作不做，互相追逐從我身邊跑了過去，開朗地在走廊上綻出一連串如爆竹般的笑聲。

「仔細聽好了，明天下午三點鐘過後，黑暗星雲將要對一純銀行展開攻擊……」

同樣的話語仍在腦海中揮之不去，天智魔女的聲音就像某種我怎樣也擺脫不了的夢魘。

「姚子賢，你在幹嘛？」

「嗚啊！」冷不防被人拍了一下肩膀，嚇得我猛然跳了起來，我身後的那個同學「哎唷」一聲，狼狽地被我撞退了好幾步。

「咦，怎了麼？」

「是怎麼了。我才要問你怎麼了吧？現在是打掃時間，你不要發呆呀！」

「欸，原來是小千啊？」壓著依然怦怦跳個不停的心臟，我半是懊惱地責怪她道：「妳怎麼躲在我背後嚇我？」

「誰躲在你背後嚇你了？我一直都站在這裡，是你一路迷迷糊糊地朝著我撞過來。你這傢伙，好像今天一整天都在發呆呀！」

小千用手背拍了拍我的胸口，我連忙辯解道：「我沒有在發呆啊！我有在認真掃地耶！」

小千伸手比了比前方，地上留著一堆聚攏的垃圾，看見這幅景象，我忍不住皺起了眉頭，「嗚哇！到底是誰這麼沒有公德心，居然把垃圾亂扔在地上。」

「那是你剛剛掃起來的垃圾！」小千撥開了我的掃把，掃把底下果然什麼也沒有。

咦，奇怪，那我剛剛掃的那堆垃圾跑哪兒去了？

「還說你沒有在發呆。」

無話可說的我難為情地搔了搔嘴角，想用苦笑打發過去，但是小千向我投來了一副「看吧！果然是這樣」的視線，總覺得那張臉上似乎有些微的鄙夷。

「到底是怎麼了呀，姚子賢？」小千擔憂地看著我問：「我說啊……你今天的狀況是不是不太好？要是發生什麼事要跟我們說呀！」

「小千……噓，小聲一點。」我連忙左右觀察，如果讓其他人聽見我們祕密後援會議之間的機密對話，可就不妙了，「確實是這樣子的，其實，昨天啊……」

「咦？」

看見我這麼神祕兮兮的模樣，小千情不自禁地把耳朵靠了過來。但是，就在這時——

「會長，我們前來報到！」

就是這麼正巧，在小千扠著腰準備對我展開長篇大論的說教之際，一大群學生從走廊上蜂擁而來，原來是一星援的會員們，他們全都來了。

「會長，我們昨天一看到你在網站上發布的消息，馬上就做好了萬全的準備！繁星騎警萬歲！」

小千大吃一驚：「發布什麼消息，姚子賢，你做了什麼？」

我沒有回答小千，「繁星騎警」這個名字就像某種電流般急速通過了我的腦袋，緊接著，我心中震驚的情緒還來不及恢復，身體竟自然而然地動了起來。

我把掃把往地上一丟，張開雙臂熱烈地歡迎著他們：「我太感動了，你們來得正是時候，親愛的弟兄們！」

「嗚哇！哪裡來的這麼多人？」不只是小千，班上同學（絕大多數是女生）都被眼前擠滿男生的景象嚇了一跳。

「天祐繁星！」男學生們握緊拳頭，拍拍胸脯，精神抖擻地回應著我：「會長，我們『一星援』一切跟隨您的領導，您一聲令下，我們水裡來、火裡去，絕不會皺任何眉頭。」

「喔，對了，明天的事，弄得越熱鬧越好，知道了嗎？」

我的腦海裡響起了天智魔女說過的話，頓時一股越來越旺盛的火苗在我胸膛燃燒。

「沒有錯，弟兄們，天祐繁星！」我忍不住激昂慷慨地喊道：「我得到最新的情報，今天怪人將會出現在一純銀行，這代表繁星騎警也有極大的可能會出現在那裡。各位，是否已經準備好你們的相機和後援裝備？」

「喔喔——」男學生們士氣高漲，手中高舉各式相機、智慧型手機跟平板電腦，並且不停揮舞著繡有繁星騎警頭像的旗幟和海報，像海浪般一波波吶喊出心中澎湃的熱情。

「讓我們赴湯蹈火，勇往直前，到怪人出沒的最前線聲援繁星騎警吧！」

「喔！」

我心中的火苗被這股熱情煽動得更加熾盛，我一手抓起了書包和手提袋，一腳則踩在一張椅子上，用力朝前方揮出手臂，大聲嘶吼。

「等等，到底發生什麼事了？」小千發出尖叫，「喂！姚子賢，你這傢伙想去哪裡？」

真可惜，妳沒抓到！眼尖的小千雖然及時向我撲來，但是早就被我預料到了，她以一個難看的上壘失敗姿勢撲倒我腳下的椅子，只能看著我輕盈飄逸地從她頭頂上離去。

小千失手，這下我就更加沒有顧忌了。

「大夥兒往校門口衝！」

「喔喔喔喔喔喔～」

我們飛快地衝下了樓梯，衝出校舍，一馬平川，勢如破竹，星火燎原，銳不可擋，眼看著就要邁向輝煌的康莊大道，沒想到就在快要到了校門口之際，才發現還有另一道難關在等待著我們。

「大家快停呀！」衝在最前面的夥伴倉皇地大喊著，「校門口被堵住啦！」

隊伍的前頭速度頓時減緩下來，劈、啪、砰、哎呀！後頭的成員們陸續撞到前面的夥伴，頓時慘叫聲連綿不絕。

到底是什麼東西阻擋了我們追尋真理的道路？我定神一瞧，一群穿著糾察制服的學生牢牢實實地堵住了門口，在隊長的一聲令下，交通錐、導護旗一字排開，看來陣仗實在不小。

「會長，現在要怎麼辦？」

同學們看起來都是一副束手無策的模樣，眼巴巴地尋求我的指令。

「大家不要怕，這裡讓我來解決。」

我胸有成竹地點了點頭，在恭敬的夥伴們的簇擁下，大步從他們所讓出的一條通路中走到隊伍最前方。

同樣地，對方也適時地分成了兩半，看來他們的老大也是位相當懂得察言觀色的人，知道這時應該跟誰對話。

「姚子賢，怎麼會是你這傢伙？」

「郝誠實，不，學生會會長，難道連你也要阻礙我們和心目中的女神碰面嗎？」

「女你個大頭神，你是書讀太多腦袋燒壞了不成？虧我之前還跟你當那麼好的朋友，你居然率先在我的校園裡頭搗亂。」郝誠實氣得七竅生煙，拿起手上的擴音器放到嘴邊，「一純高中的學生們聽著，『繁星騎警後援會』是不被學校認可的組織，你們並不是社團成員，現在趕快回到你們所屬的社團，否則你們的社團成績很可能會被扣到零分。再重複一次，學生會不認可『繁星騎警後援會』，你們立刻就地解散……」

「怎麼可以讓你壞了我的好事？」

兵來將擋，水來土掩！站在隊伍前端的我立即高喊：「朋友們，睜大眼睛看清楚吧！這就是我向你們呈上的誠意──市面上絕對不可能買得到這款繁星騎警的Q版鑰匙圈，和怪人火魟魚對戰時服裝的限量版，大家趕快依照先前說好的方式投誠我們，這些東西馬上就是屬於你們的了！」

頓時，郝誠實後方的學生會和學生糾察隊成員全都暴動起來。

「嗚喔哇啊啊啊啊！」

「嗚啊啊啊啊啊！」

「繁星騎警！」

「怎、怎麼回事，你們？呀啊啊啊啊！」

郝誠實發出了慘叫，不到片刻，橫亙在我們前方的阻礙全都消失一空。

「該死，姚子賢，你這個傢伙……卑鄙！快點給我鬆綁！」

「上兵伐謀，郝誠實，你該知道人心的向背。念在我們都是同一所學校的同學，我也不願對你趕盡殺絕。」我向著郝誠實張開雙手，「如果你現在願意棄暗投明，一起加入我們『一純高中繁星騎警後援會』，馬上就可以得身體和心靈上的雙重自由。」

「我才不需要那種東西，姚子賢，你……你不把校規放在眼裡面了嗎？」

「我愛學校，我愛校規，但是我更愛真理。我們的會規有一條就是我們熱愛我們的小鎮，但是更熱愛繁星騎警，學生會會長。」

我一邊和郝誠實說話，一邊可正忙著指揮成員把會員專屬的T恤跟小帽發放給新加入的夥伴。當我一聲令下，郝誠實發現他所帶來的一百個成員裡面有九十九個（不包括他自己）人同時扔下了糾察隊的制服，露出裡面的後援會T恤時，他臉上露出來的表情可真夠嗆了的。

「歪理，滿嘴歪理！啊啊，沒想到你們這些傢伙居然會因為這一點小小的東西就被收買，給我陣前倒戈！」

「這都是為了小鎮的和平。」

我這也不算是說謊，依照天智魔女昨天所說的話，郝誠實，要是我不這麼做的話，一純鎮可是會遭受到前所未有的大災難。

「繁星騎警乃是眾望所歸的英雄，郝誠實，逆流而上的魚可游得不久喔！你要不要現在也跟我們一起領略繁星騎警的美好呢？」

「夠了，無論你說什麼，我都不會被你洗腦！」

我瞄了一眼郝誠實，希望他能夠在我這番真誠的勸說之下一同加入我們，然而，郝誠實卻非常冥頑不靈。

「你這個邪教組織的教宗！姚子賢，從前的你，是我們學校最引以為傲的模範學生，除了品學兼優不說，行為處事更是得體適宜。沒想到今天卻變成了全校最大亂源集團的頭頭！」

「才不是什麼亂源集團呢！是繁星騎警讓我們發覺了自我，走向更加正確的道路。」

「你已經完全瘋了！」郝誠實皺起了臉，「天啊，如果你姐姐出國留學回來，看到你這模樣，她會怎麼想？喂！你現在可是糊塗得比學姐更加誇張。」

「好了！」我大喝一聲打斷他的話，「郝誠實，看來你還必須在這棵樹上待久一點，好好沉澱一下你的心靈。」

「什麼？你不放我走嗎？等一下啊，姚子賢，算我求你，快把我放下來……姚子賢，我限你三秒鐘，再不轉頭，等我自由後，我一定要你好看！喂，喂！姚子賢～」

郝誠實試圖軟硬兼施，哼！我才不理他，反正一個被綁在樹上，只剩兩隻腳能亂踢的傢伙還能對我造成什麼威脅？

就讓你繼續像條喪家之犬般在那裡盡情吠個夠吧！我放著郝誠實不管，正好當作給那些膽敢阻撓我們的不智之輩一個教訓，接著率領著我們這支對繁星騎警無比熱愛忠誠的軍團，浩浩蕩蕩地衝出了校門。

大家都藏在幾個街區外的隱蔽據點內屏息等待，幾十公尺外的一純銀行，可說是掌握住了整個一純鎮工商業界的經濟命脈。今天也是一如往常地人潮聚集，職員和為了軋三點半的顧客正為了幾分幾釐的利息爭辯不休，他們所散發出來的那種緊張氣氛，簡直與戰場上的真刀實劍不遑多讓，就連身在這麼遠的我們也都感受得到。

「會、會長？」

「咦，啊！什麼事？」

「沒事，只是看到會長好像出了神，忍不住問問。」

我點點頭，「我沒事，只是稍微在想些事。」

可惡，我究竟該怎麼回答呢？當我們一群人浩浩蕩蕩地來到一純銀行附近後，我才漸漸地從狂熱中恢復冷靜。對於自己所幹的蠢事，心裡是又驚訝又害怕。

我究竟是怎麼了！為什麼腦袋好像被火燒過一樣，完全失去了理智？

而且我居然沒有把這件事告訴小千和黃之綾。

我茫然地看著跟我而來的這一大群後援會成員們，怎麼辦？現在要打退堂鼓嗎？但是肯定來不及了吧！

算了，這下也只能走一步算一步。

「會長，你的情報是真的嗎？黑暗星雲的怪人們……真的會出現嗎？」

因為已經等了很久，成員們紛紛顯得焦躁不安。

「大家要相信我，我得到的黑暗星雲出擊情報，肯定千真萬確！」

雖然我也非常忐忑，萬一天智魔女真的是在騙我……但是我依然硬著頭皮鼓勵起會員，「總之，今天一定可以目睹繁星騎警戰鬥的英姿。我們『一星援』是以無比堅強、毅力與恆心著名，我相信各位在小鎮上所有的繁星騎警粉絲團體中絕對是首屈一指！」

「是的，我們相信會長。」

啊啊！會員們這副笑嘻嘻的傻樣真是讓我相當心痛，一想到搞不好我是在欺騙他們，頓時就覺得罪惡感十分沉重。

就在我一顆心七上八下的同時，副會長已經開始把他帶來的袋子裡頭的東西分發下去，我看了一下，那些是專業的攝影機跟照相器材，成員們看見這些東西時，個個眼睛都發了亮。

「有了這些器材，我們就可以跟繁星攝影師聯盟一較高下！」副會長高興地說。

繁星攝影師聯盟是一星援長久以來的死敵，鎮上四個粉絲集團彼此互看不順眼，積怨已深，其中，繁星攝影師聯盟掌握了最多數有關繁星騎警周邊影音商品的管道，實力雄厚。

光到現場用眼睛去看繁星騎警，對於許多粉絲而言已經無法滿足，最好是能多帶幾張相片或影片回去仔細回味，大家都想盡可能地充實自己的收藏。

一星援成員們為繁星騎警癡狂，可以為了買到一張偶像的照片連吃一個星期的泡麵。大筆金錢由男子高中生們的口袋裡流入這些攝影師手中，攝影師們食髓知味，倨傲的下巴和商品價格日漸飆升，早就讓許多人都覺得不滿。

在此時我的出現對一星援而言有如救星來到。

我十多年來擔任姐姐專屬攝影師，在這世上對繁星騎警予以紀錄的經驗與技巧誰能贏得過我？我傾囊相授，誓言讓更多人一同把繁星騎警超絕無倫的美麗永傳於世。

要成為一位優秀的繁星騎警攝影專家，必須具備三個條件，能夠品鑑繁星騎警之美的藝術眼光自不用說，剩下兩點則分別是堅忍卓絕的耐力與必須沉得住氣。

在耐力這點上，一星援上無人能出其右，高中生們別的什麼沒有，就是具備年輕的體力這點本錢，然而關鍵就是沉不沉得住氣了。

畢竟，當大家朝思暮想的偶像真的出現在眼前時，只有極為少數的人能夠把持，尤其是我們所面臨的這種危險場面，成員最多只能在距離繁星騎警一百公尺的地方進行聲援並進行拍攝任務。這是因為一旦怪人出現之後再靠近現場，不但非常危險，同時會干擾繁星騎警的戰鬥。

曾經就有過無法克制自己對繁星騎警的熱愛的成員不顧一切從隊列中脫身，企圖奔向英雄與怪人之間的戰鬥，結果當場被外面架起封鎖線的警察逮捕，扭送警局，下場宛如飛蛾撲進絢爛火花中。

這個人就是一星援的前任會長……再見了，前任會長，你那可歌可泣的勇敢精神將會被我們永遠傳承下去，希望你在天上能夠庇佑我們。

我心內感到無限的緬懷，但是前任會長只是休學而已，他並沒有死掉。

就在此時，會員間起了一陣騷動，傳入我的耳際。

「喂！你們這些臭小子，為什麼不在學校好好上課，要跑來大街上惹事生非啊？」

一個老伯伯揮舞著手杖，憤怒地和我們的人起了衝突。

「老伯伯你說什麼？我們是來做很有意義的事情的，據說今天一純銀行會被怪人襲擊，我們當然要來聲援繁星騎警！」

「你們不要烏鴉嘴，什麼怪人會來？你們自己看，銀行附近到處都是保全，是一純鎮最安全的地方！」老伯伯噴濺著唾沫星子道，「小孩子不好好讀書到處跟人學胡鬧！那個繁星騎警根本沒用啦！老是沒辦法徹底消滅壞人，我看她也就這點能耐而已。」

「你說什麼？」

「要比大小聲嗎？來啊！」

這下糟糕了，我連忙趕到他的身邊，企圖拉住這性急的老人，「老伯伯，請您息怒，不要跟小孩子計較。」

但是老伯伯一副臉紅脖子粗的模樣，和另一邊的高中生凶狠地互相叫罵，雙方都不想善罷甘休。

「來啊，我可不是被嚇大的，我……哇啊！」老伯伯的話還沒說完，突然尖叫一聲，一陣爆炸的怒吼將他打斷。

就在一純銀行的正門口之內，火光四射！

「嗚哇！有怪人呀！」

一純銀行裡頭爆出了好大一聲呼喊，非常驚惶。

來了！

「什麼？居然還真的有怪人？不要啊！我所有的證券股票都在銀行裡面啊！千萬不可以給怪人燒掉，繁星騎警妳在哪裡，怎麼還不出現把他們趕走啊？」

一看見銀行真的出事了，老伯伯的態度頓時否變，變得比誰都還著急，甚至還發瘋似地想要熊抱住我。我拚死命地把他推開，搶到第一線位置。

所有人都死命地向前擠，誰也不想錯過街下來發生的事情。眾人的眼神頓時變得晶亮。

「怪人終於現身啦！」大家都握拳大聲地高喊著，表現出自己心內的高昂，「真是千呼萬喚始出來啊！」

……曾幾何時，怪人的出現居然變得這麼受人期待！

「咳咳咳……」

「嗚哇！大家快跑！」

「救命啊，繁星騎警！」

銀行裡頭的人一窩蜂地湧了出來，大家拚死逃命、拚死尖叫，背後，怪人們得意高亢的笑聲遠遠地傳來。

「哇哈哈哈哈，逃吧逃吧！在黑暗星雲的名號下恐懼顫抖吧！」

黑暗星雲的怪人老是會毫無例外地說出一些像是從卡通節目裡抄襲過來的出場詞，我想這大概是由於負責研發怪人的萬智博士總是愛從平常看的電視節目中尋找創意——他最喜歡看的就是科學探索頻道還有親子卡通臺。

從銀行裡逃出來的顧客、職員們，紛紛被濃烈的黑煙給薰得嗆倒在地，接著，哈哈大笑的怪人也從門裡漫步出來。

然後，怪人就開始自報家門了。

「哈哈哈，我是怪人鋼爪虎！」老虎型態的怪人亮出了手上又長又利的爪子，造型跟某個描述變種人故事的好萊塢片主角非常相似。

「我是怪人遁地獸！」其次登場的怪人看起來就像一隻犰狳。

「嗯咳咳……最後呢，我是……」

「啊，是大熊貓耶，媽媽！」被媽媽緊緊抱住的小孩天真地指著怪人說。

「小寶，不可以！」媽媽非常緊張。

「嗚哇，可惡的臭小鬼，居然敢搶走我自報姓名的機會，不可原諒！」失去了自介機會的怪人氣得跳腳，「嘎吼！」

「啊哈哈哈，熊貓好可愛！」

「嘎吼！」

怪人大熊貓努力想要裝出十分凶惡的模樣，雖然確實把大人們弄得緊張兮兮，小孩子卻一點也不像有被嚇到的樣子。

一旁的鋼爪虎露出看不下去的表情，「吼！」

「嗚哇——嗚哇哇——」小孩子總算嚎啕大哭。

「真是的，大熊貓，你不要再陪小鬼糾纏了好不好？」

「不公平啊！為什麼博士把你們的造型都做得那麼恐怖，就只有我完全沒有威懾力可言。」

大熊貓十分堅持，「不行，不行，自我介紹的機會非常重要，這可是怪人一生中最輝煌燦爛的時刻，搞不好就只有這麼一次機會了呢！」

「你少烏鴉嘴！」

「嗯咳，嗯咳，好，再來一次……哈哈哈！我就是怪人——」

「大熊貓，你不准再欺負小孩子了！」

「嗚哇！到底是為什麼，這次又是誰搶了我的臺詞？」

三名怪人同時抬頭望向天上。

「繁星騎警？」

從天而降的繁星騎警，一腳踢飛措手不及的遁地獸。

「哇啊！」遁地獸慘叫一聲，繁星騎警藉著反作用力來了一個俐落的後空翻，颯爽地飄落在鎮民們身前。

同一時間，我們所在的地方則是爆出了一陣響亮的歡呼。一星援的成員們就像暴動一樣地喊叫起來。

「繁星騎警！」

「繁星騎警！嗚哇！」

「繁星騎警我愛妳！」

緊接著，拉炮、彩帶都紛紛出籠，有個會員高高地舉起了一星援的會旗，汗如雨下地賣力揮舞。而就在不遠的附近，也跟著傳出許多人的高喊聲。

「大家都來了？」身旁的成員們錯愕地問道。

這是當然了，我偷偷苦笑了一下，在天智魔女離開後，我馬上就聯絡了鎮上所有的粉絲組織，那邊那個飛起氣球、掛上萬國旗的是商店街的後援會；而鎂光燈亂閃的毫無疑問是攝影師聯盟，最後占據在角落那個吹著嗚嗚茲拉的不用說，當然就是百貨公司同盟「美麗繁星」。

我們正處於一個粉絲們群雄割據的戰國時代，眾人互相自詡是「天底下最熱愛繁星騎警的後援會組織」，當然誰也不願錯過繁星騎警的戰鬥現場。

只不過，這樣的爭執對於在那邊對峙著的繁星騎警與怪人們來說卻是一點意義也沒有。

「繁星騎警，妳果然出現了！哼，那、那個，我們才不會怕妳，鋼爪虎，你快點上！」

「為什麼是我先上？」

大熊貓說完就縮了起來。鋼爪虎憤怒地啐罵一聲，卻仍是一馬當先，衝向繁星騎警。

「來得好哇，繁星騎警，我們等妳很久了呢！」

怪人手上的利爪來勢洶洶，繁星騎警覷準了鋼爪虎撲過來的路徑，俐落地伏低身體，借力使力把對手摔到腦後。

「哇啊！鋼爪虎！」大熊貓哇哇大叫，對著疾衝過來的繁星騎警亂舞手臂，「妳、妳不要過來！」大熊貓的防守全無章法，繁星騎警看準了破綻，一記剽悍的刺拳直接打在大熊貓的肚子上，這拳打得大熊貓的眼珠子登時凸了出來。

「噗咕……好痛！」可是他馬上擦擦嘴巴，裝作毫不在意地拍拍自己的肚皮，「呃……嘿嘿，我說錯了，一點也不痛。哈哈，繁星騎警，妳沒吃飽啊？我的肚子上都是厚實的肥油，防禦力很強，妳打再多下也沒有用——哇啊！」

繁星騎警二話不說朝著大熊貓的臉上就是一拳。

大熊貓搖搖晃晃，「呃，沒用！好痛！不對，沒用！哈哈，再來啊！不要停！哎唷、哎、不要……停！不、不要、停！不！嗚哇！不……要……不要……拜託……不要……停！」

一拳、一拳、又是一拳，大熊貓不停地叫，繁星騎警也不停地打，打到最後，大熊貓忍不住開口求饒：「不要再打啦、不要再打啦！我不是一直求妳了嗎？不要……拜託妳，停！嗚嗚……」

「你那樣說我怎麼知道啊？」

「嗚嗚，難道妳沒看到嗎，我的兩隻眼睛都被妳打烏青啦！」

繁星騎警啼笑皆非地看著大熊貓，最後還是不顧大熊貓殷殷期盼的眼神，用力揮出了最後一記鐵拳。

「哇啊～」大熊貓碩大的身體彈跳起來，用力飛進了大門，繁星騎警也跟著躍身向上。

「還有沒被我教訓到的敵人嗎？哼！」

繁星騎警掃視著正遭到熊熊火焰所吞噬的銀行內部，忽然間，她像是看見了什麼驚人的東西一般，訝異地大叫起來。

「怎麼回事，妳、妳是……」

說時遲哪時快，原本被繁星騎警打倒在地的鋼爪虎突然從地上爬起，怒吼一聲，傾盡全身之力撞向繁星騎警。

「哇啊！」

繁星騎警措手不及，就這樣隨著鋼爪虎一同栽進了火場。

「繁星騎警！」

身在外頭的我們也忍不住高呼，看見了眼前發生的景象以後，個個都六神無主起來。

「怎麼辦，繁星騎警沒有事吧？」

「還等什麼，大夥兒一起去救繁星騎警啊！」

不知是哪個人率先登高一呼，原本上一秒還壁壘分明的各個後援會成員，這時卻不分彼此地從躲藏的地方衝了出來，大聲嚷嚷著要去救繁星騎警。

「喂！你們等一下……」

我雖然想勸阻，卻一下子被莽撞的會員給撞得四腳朝天。眼見場面已完全失去控制，許多急躁的成員不顧攔阻，正打算貿然衝入火海，這時大家卻突然聽見了劃破天際的呼嘯警笛聲。

「是警察？」

「還有消防車！」

一純鎮的警察們終於趕到現場了，一下警車，他們便快速地封鎖住了一純銀行，禁止任何人靠近，而消防隊員們也十萬火急地準備展開救火。

巨大的火舌從銀行窗戶與門裡頭猛烈地迸竄出來，逼得衝上前去的消防弟兄們只能倉皇閃開，建築物傾塌的同時，伴隨著繁星騎警急促的叱喊，聽上去她像是正與一名難纏的對手搏鬥。

但是，這前面實在太危險了，濃密的黑煙滾滾地冒出，熾灼的火舌逼得人們不斷後退。我們只能在外頭無助地聽著繁星騎警連綿不絕的吶喊，除了祈禱她不要發生任何意外，什麼事也不能做。

「咦，子賢，你今天好像很晚才回來呢？」

「嗯，是呀！有一點事。」

「洗洗手準備吃飯了。」

「好的。」

回到家裡，爸爸跟媽媽早就開始用晚飯了，我回房間放好書包後，走下樓梯，第一件事卻不是先前往餐桌，而是迫不及待地打開了電視。

我之所以這麼晚到家，是因為我幾乎是在一純銀行附近徘徊了最久最晚離開的幾個人之一。在沒有確定姐姐的安危前，我根本沒辦法就這樣安心離去。但是由怪人鋼爪虎等人引發的這場大火遲遲沒有撲滅，一直到天色終於暗到讓人連路都快看不見的地步，街角的路燈亮了起來，我聽見火場那邊爆發出了響亮的歡呼聲，一大群人熱烈地高喊著繁星騎警的名字。

透過人群中的隙縫，我看見姐姐被消防隊員們扶持著，腳步蹣跚地從火場中走出。

我終於可以放下心裡面的一塊大石。

我小心翼翼地切下了靜音，不敢讓爸爸、媽媽聽見電視上正在播放有關姐姐的新聞。事件結束後的一個小時，一純銀行周邊的狀況大致穩定，火勢也已得到控制，這時一純鎮的警方正準備讓繁星騎警召開記者會。

……嗯？召開記者會？

我震驚地看著螢幕上的跑馬燈，差點連手上的遙控器都掉了下來。感覺非常難以置信，自從繁星騎警公開露面以來，有哪次是她主動去接觸媒體的嗎？

那個總是不適應鎂光燈，一旦遇上人群就會怯場的姐姐，居然宣布要召開記者會？

我慌了手腳，下意識地切斷了靜音鈕。

「……因此，我要說今天的勝利，是我們全體鎮民的勝利。」

「姚子賢！」媽媽的高喊聲自餐廳裡傳來，聽起來氣急敗壞，姐姐的聲音對她而言一定是相當敏感，但此刻的我卻充耳不聞。

電視上的姐姐看起來精神奕奕，站在演講臺上侃侃而談，「雖然黑暗星雲一次又一次地侵略我們，但是我向大家承諾，不管他們要來多少次，我就把他們擊退多少次，請大家信任我、支持我，給我力量！」

我傻在電視機前，不敢相信自己的眼睛跟耳朵。

「姚子賢！」爸爸氣急敗壞地衝了過來，一把搶走我手上的遙控器，「把它關掉！」

螢幕頓時變得一陣漆黑，我也從驚愕中恢復過來。

「進去吃飯！」爸爸怒氣沖沖地命令我說。

「啊，呃，對不起，是……」

我連忙奔進餐廳裡頭，才剛坐好位置，抬頭卻看到聽見了姐姐聲音的媽媽擱著碗筷，無助地啜泣起來。

PRODUCTION

姐姐是地球英雄，弟弟我是侵略者幹部

03 一純高中的校園大逃殺

「喂喂！你們有看昨天的新聞嗎？」

「當然有啊！繁星騎警真是太帥了！」

「就是說啊。現在啊，她讓小鎮英雄這個稱號更加名符其實了。」

一到了下課時間，同學們立刻在教室裡興奮地聊起最近最火熱的話題，一聽到有關繁星騎警的消息，使我忍不住豎起了耳朵。

「一連打倒三個怪人，還拯救了銀行免於被怪人洗劫，繁星騎警真是太棒了，我也好想加入繁星騎警的粉絲團喔！」

「據說我們學校裡真的有這種團體唷！」

我拿起報紙，開始瀏覽鎮上最近的新聞。

繁星騎警擊退三名怪人，保住了一純銀行金庫的新聞，已經理所當然地占據了隔日各大報紙的頭版版面，而且更是一面倒地寫滿了讚揚繁星騎警的內容……我還記得上次出現這種事情時，已是繁星騎警首度現身露面那次了。說起來，連續挨了媒體半個月的罵，繁星騎警這次總算可以揚眉吐氣。

這下看來，還用不著我利用後援會以及網路的力量，繁星騎警就已經成功地掌握住了小鎮的民心。

我該高興嗎？

出乎意料地，我卻一點也高興不起來。

我迷惘地放下了手中的報紙，彷彿還沒能從震驚中恢復，這時候的我，與整間教室中洋溢的興奮快樂氣息完全格格不入。

原因無他，因為此刻我的心裡面不斷浮現的，正是天智魔女當晚所說過的話。

「明天的事，弄得越熱鬧越好，知道了嗎？」

我按住兩邊的太陽穴，覺得腦袋好像快要爆裂開來了，越是去細想，就越覺得這件事詭異得莫名。到底天智魔女有什麼理由要去幫助敵對的繁星騎警增加聲望？

而且，這個縈繞在我腦海裡頭的聲音，始終揮之不去。

「姚子賢？姚子賢？」

「咦咦？」

「呼啊！嚇死我了，姚子賢你還好吧？」

我抬起頭，努力地眨著眼睛，看來小千一臉擔憂的神色。

「發生了什麼事嗎？」小千轉頭看見放在桌上的報紙，「啊，是小實姐……呃不，是繁星騎警的新聞。」

我呼出濁滯的氣息，忽然注意到我的體溫低得嚇人。

「姚子賢，你的臉色好像不是很好看，需不需要去一趟保健室？」

「我很……好……不，我不好。」

望著訝異地注視著我的小千，我努力地想甩開潛伏在腦袋裡頭的聲音，吃力地說：「小千，跟我來！」

我用力地抓住了她的手，可惡，現在的我因為腦子太疼痛的關係，做什麼事情都很粗魯，小千雖然被我的舉動嚇了一跳，但是並沒有張揚，也並沒有反抗，「等一下，我拿個東西！」

她輕輕掙脫我的掌心，跑回座位上，好像整理了一下書包，接著又返回我身邊。

「好的，我們要去哪裡？」

我點點頭，必須靠著小千的攙扶才得以從椅子上站起身來，我在小千的幫助下，盡可能掩人耳目地離開了教室。

我帶著小千來到屋頂，一月的天氣雖然寒冷，可是照射到溫暖的陽光，身體好像也能夠比較舒暢起來。我懷疑我的身體一定出了什麼狀況，不然昨天我不可能會像是被催眠一樣做出那種激烈的事……

對了，催眠！這是最好的解釋了！乾闥婆一定對我動了什麼手腳，否則天智魔女離開時不可能那樣信心十足，她怎麼能這麼肯定我不會背叛她呢？

我必須把這件事告訴小千——黑暗星雲襲擊一純銀行的計畫絕對有陰謀！

雖然不知道繁星騎警變得這麼受小鎮居民的愛戴是不是他們預料之中的變化，但是我認為實情絕沒有這麼簡單。

大樓的屋頂空空蕩蕩的，雖然學校並不禁止學生進入這個地方，但是也沒有學生喜歡在寒冷的冬天裡頭跑到屋頂上來吹冷風，這裡非常靜僻，很適合我和小千談論有關繁星騎警的祕密。

「好了，姚子賢，你到底要說什麼？是不是上次沒講完的那件事？」

大概是天氣很冷吧，小千搓著雙手，兩隻水靈靈的大眼直瞪著我追問。

我點點頭。

「那你快說吧！」小千期待地看著我。

我吞了吞口水，希望能夠鎮住腦袋的疼痛。

「我……那個，我……」

我開口，心想著絕對要把天智魔女的陰謀告訴小千。

「我……我喜歡妳。」

「什麼？」

一瞬間，小千呆如木雞，而我則是拚命地摀住嘴巴，驚訝到說不出話來，不不不不不！等一下，我的嘴巴剛才究竟替我說了些什麼話？

好了，經過一陣驚嚇，我的腦袋再也不痛了，可是，與其如此，我還寧願繼續頭痛下去，因為現在的狀況可是更教我頭痛……我在說些什麼啊？

我慌張得無以復加，連忙再次開口：「不，不是那樣子的，我是說，我喜歡妳……」

我的喊聲消散於樓頂上冰冷的空氣，小千這次露出了無法呼吸的表情。

「姚子賢，你說什麼？」

兩個人的聲音同時響起。

我轉頭一看，剛從樓梯上走上來的黃之綾，臉上也是一副心臟就要停止跳動的模樣，呆愣地站在扶手旁。

「呃，不好意思，姚子賢，我剛才看見你的狀況有點奇怪，所以覺得有必要通知小綾過來。」

小千抱著歉意地開口。

「不，現在不是這個問題，姚子賢，你剛剛說了什麼？」

我急得快哭出來了，怎麼會這樣？不，我完全不是這個意思，我要說的是天智魔女，天智魔女！

「我喜歡妳。」我對著黃之綾說。

「嗚耶！」黃之綾倒抽了一口冷氣，發出了不像人類的聲音。

黃之綾整個人癱軟在樓梯旁，可是這時卻換成小千變得怒氣沖沖，「慢著，姚子賢，你這是在公然做出出軌宣言嗎？」

我倉皇地轉著頭，一下看看黃之綾，一下看看小千。

「到底是誰？」

不，不！

又來了！我只能在心底拚命地慘叫，我的嘴巴全然不受到控制，只要我一開口想要說出「天智魔女」四個字，它就會自動轉化成不一樣的語詞。

「我喜歡妳！」

「夠了，姚子賢，今天你一定要做出選擇！」黃之綾叫道。

天啊！我簡直要昏過去了！什麼選擇？我哪裡還有得選？我非得把天智魔女的祕密告訴她們不可，然而這對連話都沒有辦法好好說的我而言，根本是難如登天。

小千與黃之綾朝著我步步進逼，兩人臉上都顯現出了毫無猶豫的堅決神色，我覺得頭頂上好像覆蓋了大片陰影，天羅地網，逃脫無門。

「不對！妳們不要誤會，好好聽我說，我想說的是，我真的非常喜歡妳們！嗚哇！」

最後一次的努力就此化為泡影，我絕望地發出慘叫，頭也不回地衝向了樓梯口。

「喂！姚子賢？不准跑！」

「你要去哪裡？」

她們兩人在我背後大叫起來，但是誰都不能讓我停下腳步。

我拚命跑著、跑著，深刻地感受到一股前所未有的恐慌，眼前頓時天昏地暗，就好像有人用鐵鎚一下子把整個世界打成了碎屑。

「嗨！」

我剛回到家，才走進了房間，書包都還沒放下來，迎接我的就是這令人張口結舌的一幕。

「我們不請自來了，呵呵。」蹦蹦跳跳地來到我身邊的怪人肆無忌憚地撥玩著我的頭髮，「沒想到你的房間還挺溫暖的，姚子賢。喔！對了，我想喝飲料，你能幫我去拿嗎？我要柳橙汁。」

「妳、妳們不要太得寸進尺好不好？」我無奈得連發脾氣的力氣也沒有，「乾闥婆、天智魔女。」

「太過分了！這麼冷的天氣裡向我們下逐客令，難道是要我們出去凍死嗎？」乾闥婆裝得一副可憐兮兮地說：「而且，我們好心來這裡，是為了陪你呀！」

「陪我？」我啼笑皆非地問道。

乾闥婆遞過來一張信紙，我看了看，忍不住訝異地咋舌。

「你父母親一齊跑出去逍遙了，嗯～真是一對懂得享受情趣的夫妻啊！姚子賢，你現在一定很寂寞吧？不要怕，有兩位美少女陪你。」

我並沒有對乾闥婆的取笑加以反唇相譏，信紙上的內容以暗語寫成，大意大概是因為姐姐的表現讓媽媽大受影響，為了讓媽媽不要把抑鬱的情緒全都累積在心裡面，爸爸決定帶媽媽到各處旅遊散心。

幸好她們不能夠從信上的內容聯想到我們家與繁星騎警之間的關係，再怎麼說也是前任的銀河特警，爸爸對於保守祕密這部分還是相當地小心翼翼。

我收起信紙，然後瞪了乾闥婆一眼。

「兩個美少女，嗯哼？」

「哈，難道不是嗎？除了我之外，還有主人她的年紀其實也不是很大唷！」

「乾闥婆！」天智魔女難得地高聲制止，聲音聽起來好像有點焦急跟斥責的意味，「不要多嘴。」

「妳還說咧！」

乾闥婆吐了吐舌頭，「好嘛，不說。哎唷，姚子賢，幹嘛那樣瞪著人家？」

我生氣地把學校所裡頭發生的事一股腦兒統統抱怨出來。

「原來發生了這種事……嗯，嗯，這不是很有趣嗎？」

什、什麼很有趣啊！喂，妳聽到了我的悲慘故事後，就只有這點感想嗎？

我的心底頓時生起一股衝動，恨不得把眼前的這個人咬成肉醬，但是無論我再如何咬牙切齒，坐在我的椅子上的天智魔女只是微微露出了疲倦的神色，側過頭來連看都不看我一眼。那樣子就好像完全只是在意這張椅子舒適程度，而對我這個人絲毫沒有興趣，這個傢伙有恃無恐的模樣還表現得真是猖狂。

「看來你的學校生活比我想像中還來得多采多姿啊。」

她的語氣實在有夠敷衍。

我咕嘟咕嘟地吞起口水，但還是算了，不要真的撲上去比較好。我沒有這種勇氣，是因為要是真的這麼做了的話，我也沒自信能夠打得贏在一旁警戒著我的乾闥婆。

雖然說乾闥婆也沒有真的在警戒我，這名打扮得像是女子高中生的怪人正捧著我所收藏的繁星騎警相本，看得津津有味，從剛開始就沒有在專心聽……不過話說回來，我從來沒有看過任何一名黑暗星雲的成員對繁星騎警著迷到這種程度，何況她還是最親近天智魔女的怪人。

「妳到底對我的身體做了什麼手腳？」

「很簡單啊！就只是設定當你想要說出主人的祕密時，會自動向對方告白而已。」

乾闥婆一面掩嘴偷笑，一面得意地回答我的問題。

「呼呼呼……既然你會這麼問，那一定是已經試過了吧？對方是女生呢，還是跟男生……哇哈，如果對象是男生的話那一定更是有趣吧！」

「妳、妳為什麼要這樣惡整我？」

「因為在你心目中的對象不是姐姐就是繁星騎警，這樣實在是太變態了！所以我會這麼做也是為了你好，對絕症就得下猛藥啊小弟弟！」

「嗚，是誰得了絕症啊？妳不要在那裡胡說八道！現在趕快把我的催眠解除掉！」

我氣得說不出話來，可是很奇怪，為什麼乾闥婆會露出一副對我的事情知道得一清二楚的神色，而且看樣子她並不曉得姐姐就是繁星騎警。

「你說解除我就要聽你的話乖乖解除啊？你還是別做夢啦！」乾闥婆吃吃地笑著說，「順帶一提，繁星騎警可是人家的唷！雖然很感謝你的付出，不過還是趕快找個姐姐以外的好女孩在一起吧！」

「我的事用不著妳來管！」

「好了，乾闥婆，不要再胡鬧了。」天智魔女溫和地教訓自己的手下，轉頭對我說：「讓我們繼續談正事吧。姚子賢，昨天的事你做得很好。你看，我不是對你說過嗎，跟我合作絕對沒有壞處，現在繁星騎警已經變成鎮上最受歡迎的人物了。」

「雖然妳說得好像沒錯，但是我敢肯定這其中一定有什麼古怪！」

「呵呵，你要是這樣太鑽牛角尖的話，人生可是會過得很辛苦。」天智魔女搖搖手指說，「好好聽比較聰明的人的話，讓他們來幫你做決定，你只要別去質疑，就可以過得無憂無慮。」

「把自己的人生交給另一個人做選擇，就算看似快樂其實也並不是真的快樂。要是我能夠選擇的話，我寧願用我自己的智慧與雙手去過辛苦但卻滿足的人生。」

我的話惹得天智魔女瞪了我一眼。

「不要油嘴滑舌，姚子賢，若不是看在你還有用處，我早就把你做成下一個怪人用的實驗材料了。」

天智魔女這番殺氣騰騰的威脅讓我禁不住肩膀瑟縮了一下，她把一份文件朝我扔了過來，說：「把這份文件好好看一看，這是下一次侵略的計畫表，在計畫開始前，引起越大的關注越好。你的腦袋裡有乾闥婆設下的禁制，所以反抗我是沒有用的。」

我惱怒地看著她，不過像我這點程度的威脅，對天智魔女根本起不了作用。

「哦，看你這副眼神，難道還要再像上次一樣，讓乾闥婆在你腦中寫下激勵的暗示，你才能好好做事嗎？」

「不、不要！」我慌恐地後退了好幾步。

原來之前我會不由自主地變得那麼衝動，果然都是乾闥婆在我腦袋中動的手腳。可惡！她的能力真是教人防不勝防。但是，那種腦袋好像不受自己控制、無法正常思考的感覺實在太過於可怕，我不想再經歷第二次了。

「既然如此，姚子賢，你就更該好好合作。」

「要我合作的話……至少也先將我的催眠去掉一半吧！我不喜歡無緣無故失去控制的感覺。」

天智魔女斜睨了我一眼，「沒想到你居然還懂得討價還價……嗯，可以，我可以讓乾闥婆解除你腦中部分的控制，但是如果你想把我們之間的祕密給說出去，那懲罰還是少不了的。」

「……成交。」

沒辦法，形勢比人強，我只好低頭接受天智魔女的條件，乾闥婆靠了過來，然後又是一陣天旋地轉……雖然我根本感覺不到解除禁制前後究竟有什麼差別，但是依據乾闥婆所言，我應該再也不會碰到那種思考能力失去控制的情形了。

天智魔女看著恍惚地看著自己的手腳，顯得有些不太自在的我，似乎覺得我這個樣子很有趣。

「你該覺得光榮，姚子賢，我可是因為很看得起你才會想跟你合作。這份工作若不是交給你，別人也無法完成。」

就算被天智魔女這樣稱讚，我也不覺得有什麼好得意的地方……就算妳把任務交給我，我也……咦，等等！這是怎麼了？

忽然之間，有件事讓我覺得很奇怪。

「天智魔女。」

「嗯？」

「黑暗星雲中明明是一個很龐大的組織，為什麼像這種事情妳還要交給我來處理？妳的身邊應該還有許多同伴的，不是嗎？」

「同伴？」

一聽見我的話，天智魔女的臉上像是罩了一層寒霜，糟糕！難道我是哪邊觸碰到她的地雷嗎？

「才沒有那種東西。」

就在我們之間，橫隔著這壓抑、凝重的一秒，突然之間，天智魔女此刻情緒伴隨著話語就像火山一樣噴薄起來，只不過說出口的卻是刺人得近乎冰點的嚴寒岩漿。

「那些遇到一點點小阻礙就全跑光了的傢伙……能夠稱得上是同伴嗎？不要笑掉我的大牙了！」

「唔，等等……」

但是天智魔女並沒有理睬我，完全失去了自制，猛烈地爆發。

「自始至終，能夠讓我信賴的就只有我一個人而已……那種不能夠理解我的人，個個都是蠢貨！嗯……跑掉也不打緊的蠢貨，沒錯，我不需要他們！」

「呃……妳……」

「你看什麼看？」

「天智魔女……」我艱難地嚥下了口水，這時的心情就好像是在毫無提示的狀況下，在一顆未爆彈前拿著剪刀面對兩條引線，選錯一邊就得死……啊！可惡！

我說出了我的猜測：「難道……妳並沒有什麼朋友？」

「不是沒有。」天智魔女高傲地說：「是不需要！」

「這怎麼可能呢？一個人在這個世界上，怎麼有辦法忍受完全沒有認同自己的人而活著？」

「誰說的？我就是可、可以……嗚！」天智魔女的臉氣急敗壞地扭曲了起來，「不、不准這樣看我，你……你這個表情，難道是在同情我嗎？」

我露出了這樣的表情嗎？

就在這時候，乾闥婆跳了出來，「夠了，你這傢伙，難道還學不乖嗎！是不是還要再多給你一點教訓？」

擋在天智魔女身前的乾闥婆舉起手臂用力地指著我。

「你不准再讓主人不開心了！」

隨著乾闥婆的話語一落，我立刻抓起了腦袋拚命慘叫。

「呃啊！呃啊啊啊！」

好痛、好痛、好痛啊！啪砰！這時候，我覺得乾闥婆的手指真是世界上最恐怖的東西了！

我滾落在地上，同時撞翻了好幾件房間裡的物品，「嗚哇！嗚啊啊啊！」

「夠了，乾闥婆，不要這樣子對待他。」

出乎意料地，天智魔女居然替我求情，乾闥婆聞言只好放下了手臂。

「呼……呼……呼……」

倒在地上終於停止翻滾的我，此刻已然是狼狽不堪，臉上爬滿了鼻涕還有淚水，那樣子說有多難看就有多難看，「呃……呃……哈……」

我得救了嗎？

儘管淚眼朦朧，我依然察覺到天智魔女朝我投來了情緒複雜的目光。

「我沒想到居然還有人會對我說出這種話……小鬼，看來你比其他人還要特別一點。」

此時在我眼中的天智魔女的臉上，竟然露出了格外寂寞的表情。我震驚得忘記了自身的痛苦。

天智魔女的語氣聽來有些壓抑。

「不久之前，黑暗星雲裡頭好像也有個傢伙會讓我產生這樣的感覺呢！那傢伙叫什麼來著？厄影……嗯，但是，到了最後他也跟所有人一樣，一聲不響地離開了。」

天智魔女，說來妳大概不會相信吧！妳口中懷念的厄影，就是此刻躺在妳面前被整得死去活來的這個人呢！

但是我說不出口，而天智魔女則是慢慢地從我身上挪開了視線。

「在我身旁的人總是會離開我，所以，我知道了我是不可能會有朋友的。而且我再也不會相信任何人了，再也不會相信。」

她轉身，寬大的披風也跟著旋轉，將她的身影自倒下的我的視界裡完全覆蓋，喀啦、喀啦，清脆的腳步聲踩在樓梯上，大概是她現在正在走下樓吧！

我沒有力氣爬起來，任由著這陣寂寞的腳步聲漸漸地變小、漸漸地變小，到了最後無聲無息地消失。

一月的尾巴裡四處肆虐的寒風時不時地暴躁拍打著窗戶，好像在大喊「放我進去」，而牆上的玻璃窗則是為了堅決守護圖書館裡面的學生，對寒風的宣告抵死不從，雙方展開激烈戰爭。

砰砰砰砰砰！

玻璃窗不停地震動。

每次窗框的震動，都會讓人不禁想問，究竟這棟老舊的建築物還能再撐多久呢？圖書館是一純高中裡最具有歷史的一棟建物，在四周圍翻新的教學大樓的環伺下，顯得特別地古意盎然。但是說好聽是這樣，說得明白一點，就是它老舊得距離被人當作危樓只差了一步。

我躲在圖書館裡頭的讀書區，把書攤開在桌前，忍受著偷偷從窗戶隙縫裡頭溜進來的冷風及操場上體育系社團成員傳來的嘈雜吶喊，穿行在充滿書香氣息的櫃子中間，但是只要外頭一點風吹草動，我就緊張得像隻被人盯上的兔子般四處張望。

為什麼會變成現在這樣子呢？這件事得從幾十分鐘前說起。

今天下午排定的是社團活動課的時間。

然而發生了那件事以後，我現在根本不敢去社團。

那件事就是指我因為遭到乾闥婆的惡整，在小千與黃之綾的面前對她們脫口說出了「我喜歡妳」……然後我們之間就產生了非常嚴重的誤會，直到現在都還沒有辦法解開。

已經好幾天過去了，跟我分在同一班的小千，到現在為止也只有跟我說過三句話：「收問卷調查」、「關燈，謝謝」、「回座位上坐好」。其餘時候，小千好像都在迴避我的視線。

有一次我總算逮到可以跟她好好解釋清楚的機會，沒想到乾闥婆惡毒的魔咒就像是附骨之疽般根本不放過我。

「小千，我喜歡妳（小千，聽我說，天智魔女）……」

「嗚，不、請你不要這樣，姚子賢。」

「不、不是的，妳聽我說，我是真的喜歡（這一切都是天智魔女）……」

「我不要聽！其實、其實你心中明明就是比較偏好小綾……你要是再說這些騙人的話，我會當真的！」

「喂！小千，妳不要走啊，等一下，這個是……」

說完就一溜煙跑開了的小千展現出絲毫無愧於女籃隊長名聲的速度，我根本就沒辦法追上，只好垂頭喪氣地走回教室，看見小千坐在位置上，一副把頭垂得低低的樣子。

而目睹了我約小千出去，然後小千自己一個人哭紅了雙眼回來的同學們，則開始對我投以與往常大不相同的視線。

從此以後，只要我一想要找她開口，她就紅著臉避開……到後來我也完全無計可施，我們之間的氣氛變得非常尷尬，小千的反應讓我徹底放棄了想對她們解釋的念頭。

而小千尚且變得如此，更不用說是黃之綾了。

幾十分鐘之前，我一如往常來到社團教室，卻發現門被上了鎖。

「咦，有人在嗎？」

「滾出去！」

我敲了敲門，但是回應我的，卻是教室裡頭黃之綾那冷冰冰的聲音。可是我連進去都還沒有進去，是要怎麼滾出來？

「黃之綾同學，妳可不可以開門一下，聽聽我的解釋？」

「哦，你想要說什麼，現在就說吧，我看你的回答來決定要怎樣處理？」

「好，其實那天妳看見的事情是一場誤會，事實的真相是我喜歡妳（天智魔女她）……」

怎麼又來了！天啊！我一緊張就忘了乾闥婆加在我身上的禁制。

啪！門忽然間被打開了。

一臉惱怒的黃之綾站在我的面前，我還沒來得及開口，她便二話不說地甩了我一巴掌。

劈啪！

砰！

我差點碰了一鼻子的灰，總之，接下來不管怎樣，無論我如何對著緊緊關上的門呼喊，它再也沒有打開過。

更糟糕的是，當我回過神來，發現全部的一切，都已經被路過的兩個學弟妹看個正著了，短暫的幾秒過後，原本呆若木雞的兩人同時捂起了嘴巴，發出摻雜喜悅與驚嚇的聲音大叫起來。

「喂！等一下，你們……」

但是兩人馬上一溜煙就跑開了，我想阻止都阻止不了。

我的心底充滿了不祥的預感，果然，不一會兒，不實的謠言便迅速地在校園裡頭瘋傳：

「據說姚子賢同時跟兩個對象交往，現在雙邊女方都已經發現了。」

「腳踏兩條船？看他外表斯斯文文的，沒想到竟然會是這種人，簡直是狼心狗肺！」

「仗著自己有一點外表就可以這樣玩弄女生的心嗎？」

災難的雪球越滾越大。

「大家聽好了，一定要找出姚子賢！」說話的是我們一純高中的學生會長郝誠實，只見他大力揮動手臂，大批人馬自社團大樓中傾巢而出。

「體育系社團的諸位！想想看小千隊長平時對你們也不錯吧！現在她受到別人欺負了，難道你們打算默不吭聲嗎？學生會的大家，過去你們敬愛的副會長的少女心遭到玩弄了，我們又是否要繼續姑息可惡的負心漢呢？」

身為前棒球隊隊長，如今則是學生會大權在握的郝誠實，鼓動他那如簧之舌，不斷搧風點火，「現在正是我們學生會出來主持公道的時候了，大家加把勁！……哈哈哈，可惡的姚子賢，你做夢也沒想到會有今天吧？要是讓我抓到你，看我怎樣把你吊在樹上，讓你嘗嘗那天我所受到的滋味……哈哈哈哈……」

他完全瘋了！郝誠實，你這是公器私用啊！

我躲在牆角，膽顫心驚地看著這一幕。

「翻遍全校每一寸草皮也要把他找出來，要是犯人膽敢反抗，格殺勿論！」

不但要抓我，而且還要殺我？沒想到郝誠實的心胸竟然如此狹隘，我為了過去錯看他而悔恨不已。

然而，我在校園裡頭已經變得寸步難行了，唯一的辦法只有躲進圖書館。

幸好這個時段裡頭圖書館內並沒有什麼人，安靜的氛圍猶如泥土的沉澱，管理員坐在位置上打著瞌睡，暖氣徐徐流動。

但是這樣平靜的氣氛跟我一點緣分也沒有，可惡！我漫無目的地亂走，最後闖進了最深處的閱讀桌，還一不小心踢到了桌子。

「哇啊！對不起！隊長，我不會再偷懶啦！」

發生什麼事啦！忽然跳起來的人影把我嚇了一跳。

我心有餘悸地打量著眼前這個人，原本趴在桌子上的男學生嘴角邊還掛著一絲口水，咦，仔細一看，這不是時常跟在郝誠實身邊的那個學弟嗎？

「對不起啦～隊長，我不是故意要開小差的，我發誓再也不會蹺球隊練習了！」

我啼笑皆非地看著他，「喂！仔細看好，我不是郝誠實。」

「咦？啊！你是姚子賢學長。」

「沒想到棒球隊在練習的時候，你居然在這裡偷睡懶覺啊！」

我故意露出奸詐的表情，其實棒球隊現在根本沒在認真上社課，他們都被郝誠實煽動起來抓我了。

「嗚！請不要告訴隊長。」這名學弟愁眉苦臉地拜託著我，「我只是太累了在這裡趴一下，學長，你對我最好了……你……」

「好了，好了，我不會把這件事說出去的，只不過你要幫我一個忙。」

「有有有，有什麼我可以幫得上的，儘管說。」

我看見他凌亂桌子上放著手機、攤開來的課本、一頂棒球帽，頓時心生一計，於是把帽子戴在他的頭頂上，壓低了帽簷，使得別人看不太清楚他的模樣，接著和他交換了身上的外套。

「學長，這是……」學弟疑惑地看著身上那件繡有我名字的外套。

「你穿著這件外套走出去，對，直直走出圖書館就行了。然後就趕快回去練習吧！」

「就這麼簡單？」學弟還是一副不敢相信的樣子，「你沒有騙我吧？」

「我怎麼可能會騙你……唉，算了，既然你不願意，那我只好把這件事告訴郝誠實，說你……」

「我、我、我知道了！我馬上去！」

學弟大叫著一溜煙往門口衝。

「喂！你這些東西忘了拿呀！」

可惜他已經跑遠了，就在學弟跑出圖書館的那一剎那，糊里糊塗的他頓時發出了驚愕的慘叫，「嗚哇！怎麼那麼多人啊？」

「在那裡！姚子賢，不要讓他跑掉了！」

「哇啊啊啊啊啊！」

我躲在圖書館裡頭望著一大群人熱熱鬧鬧地從門口經過，看來這能夠暫時替我轉移掉追兵的注意力，只不過，那個學弟就比較倒楣一點了。

唉……算了，蹺掉球隊的練習也是他不好，就當作是自作自受吧！

正當我手裡拿著學弟遺忘的手機，不知該拿它如何是好的時候，一樣奇特的東西吸引住了我的視線。

是繁星騎警！

我眨了眨眼，是一段關於繁星騎警的即時新聞。

如今繁星騎警的聲望已不單單是「水漲船高」就可以形容了。無論走到哪裡，都可以遇見自稱是繁星騎警粉絲的鎮民，開口閉口談的都是有關繁星騎警的事，就連電視、報紙上也是無時無刻不在報導著繁星騎警的消息。

她就像旋風一樣地席捲了整個小鎮。

就連原本水火不容的各大後援團體，也紛紛放下成見，結合成比以前更加壯大的勢力。

我連忙戴上耳機。

「各位辛苦的警察同仁們，今天很高興在這裡與大家見面……」

看樣子，繁星騎警正參訪警察局，替平日辛苦工作的警察們加油打氣，可是接下來，她開口談論的內容卻又變調成警方該如何採取行動以保衛小鎮和平了。

我詫異地心想，指揮調度警力，這不是警察局長的工作嗎？然而現場的人好像一點也不覺得繁星騎警高談闊論有什麼不對。

大家都露出了一種被她迷住的神色……這也難怪，因為她看起來真的是魅力十足。此刻的她儼然成了全場的焦點，每次說到一個段落，底下的群眾紛紛熱烈鼓掌，真誠地為她獻上歡呼。

鎮長、鎮議員和一些大人在牆邊排排站成一列，好像他們只不過是繁星騎警帶來的隨從。

……這真的是我認識的姐姐嗎？我茫然地看著手機螢幕，忽然之間，感覺她的模樣變得如此地熟悉，卻又如此地陌生。

可是，我所認識的姐姐根本不會是這種能夠把演講發揮得這麼出色的人。

除非……她不是姐姐。

我被自己這突如其來的想法嚇得顫抖了起來，繁星騎警不是姐姐的話，還會是誰？姚子賢你別說傻話了。

我試著把注意力轉移回來，然而疑惑卻不斷地浮現。

什麼時候，繁星騎警變得這麼毫不怯場、變得如此能言善道？

不！姚子賢，其實你一直都知道答案的，不是嗎？

所有的變化都是從一純銀行那天的事件以後才開始的。

事情真的很不對勁，想一想就覺得天智魔女根本沒有理由替繁星騎警塑造聲勢才對，她們可是敵人耶！

「不可能的，那種自殺式的侵略攻擊，無論怎麼解釋都行不通呀！」我喃喃自語。

可是任憑我想破了腦袋，還是找不出其中的關鍵在哪。

就在這時——

咦！

我瞪大了雙眼，張開嘴巴，將手機猛然拉到眼前——這一幕如果被任何人看到，一定會以為我是要把整個手機吞下肚裡。不過，眼前的事就是這樣讓我震驚得像被閃電打到一樣。

就在繁星騎警的演講結束後，有個看起來像是祕書般的人物走上前去作勢要扶她下講臺，而那個傢伙……我怎麼可能看錯？

那不是緊那羅嗎？那分明就是緊那羅，天智魔女手底下的四大護衛其中之一！

對了，是有誰打開了窗戶嗎？不然我怎麼會感到一股寒意急速蔓延竄進了我的脊椎？我不由得抓緊了上衣的領口。

為什麼，為什麼緊那羅會出現在繁星騎警身邊？他們本是敵對的才對吧？

雖然在極度慌張的情況下，我還是逼迫著自己，讓腦袋飛快轉動，天智魔女真正的計畫到底是什麼？

PRODUCTION

姐姐是地球英雄，弟弟我是侵略者幹部

04 怪人緊那羅

就在鎮上一間不起眼的托兒所周圍，擠滿了前來接小孩下課的家庭主婦們，托兒所上上下下顯得特別忙碌，然而，仔細一看，徘徊在托兒所附近的人們有許多根本就不是來接小孩子的。

我混跡在這群便服打扮，看起來只是在附近隨意遊蕩著的普通鎮民，只不過，這些普通的鎮民其實一點都不普通。

哎唷！你們裝成這個樣子，難道黑暗星雲會看不出來嗎？

光看他們為了避免打草驚蛇，戴著寬大的帽子並用口罩遮住自己的面容，吹著口哨裝作一副若無其事的模樣，不禁令我搖頭嘆息——這種拙劣的偽裝分明更讓人覺得此地無銀三百兩。

只不過，大家好像都對自己的偽裝能力深感驕傲的樣子，真是使人看不下去……

「沒想到會在這裡遇見你們。」

「哈哈，真巧，真巧。」

大家對於彼此的來意心知肚明——全是為了爭睹繁星騎警而來的粉絲。

「據說今天黑暗星雲會對這個托兒所展開侵略喔！」

「你們該不會也是從那個據說預測了好幾次黑暗星雲的出擊計畫的神祕網站上知道的吧？」

「當然是囉！大家還在猜該不會站主是某個黑暗星雲內部的成員吧？」

「嘻嘻！這有可能喔，不過反正無論來什麼怪人也打不過繁星騎警，而我們只要可以看到繁星騎警出擊的模樣就值回票價了。」

呵呵……真是不好意思，其實我正是那個不斷在網路上散播消息的神祕人呢！只不過我是奉天智魔女的命令，加速各個後援會聯合的腳步，因此你們才會得到這麼多第一手的情報。

我繼續聽著人們的談話。

「黑暗星雲這幾次失敗的襲擊行動讓大家對繁星騎警更加信任了呢！」

「大概他們正急得跳腳吧？」

「繁星騎警一定能夠帶領我們小鎮迎向更光明的未來。」

人們對於繁星騎警的信仰只有越來越狂熱，這樣的情形卻令我更加擔憂起來。鎮民們早就落入了天智魔女的陷阱，只是眾人都渾然不覺。

不過，為了小鎮，也為了繁星騎警，今天，就讓我來揭開妳的詭計，天智魔女！

我舔了舔凍得發紫的嘴唇，繼續觀察。這時候，一名身材特別壯碩的婦女搖搖擺擺地走向托兒所門口。

「太太您好，請問是來接小朋友的嗎？」

面對年輕女老師友善的提問，婦女先是沉默了半晌。

「……太太？」

「哈哈～妳猜錯啦！」說完婦女隨即一把甩開身上的偽裝，「我不是來接小孩的，我也不是什麼太太，我乃是怪人大熊貓！」

「哇呀呀呀——」

女老師的尖叫頓時讓周圍的眾人興奮起來。

「是怪人，怪人終於出現了！」

喂！我說你們，現在可是緊急事故啊！

正當大熊貓在門口張牙舞爪地對著女老師擺出凶狠的姿態之時，托兒所內部也響起了高亢的慘叫聲，接著是一陣如雷鳴般的大吼。

「安靜！」

托兒所內部果然安靜了下來。接著，鋼爪虎、遁地獸跟鬼泥鰍挾持著托兒所的所長跟好幾位老師從門口處出現。

「我說大熊貓，你怎麼搞得這麼晚才來？」鋼爪虎粗聲粗氣地問道。

大熊貓得意洋洋地回答：「哼哼！聽了可別嚇到，本熊貓想出了一個天衣無縫的計畫，我先維妙維肖地裝成了來接小孩的家長，然後才給這些老師們一個出其不意的突擊呀！」

「無聊！你就跟我們一起沿著遁地獸挖出來的地道直接殺進去就好，我們現在已經控制住托兒所內部了，你又在那裡幹什麼？」

「咦，那、那、那我也已經擺平托兒所正門口了。」大熊貓指著倉皇地縮在角落的老師說道。

鋼爪虎的整張臉孔都皺了起來，「你這……算了，大熊貓，你進去看好那些小孩，不要讓他們吵鬧。我們要在外面戒備，萬一繁星騎警出現，就可以及時因應。」

「什麼？我抗議！我也想要和繁星騎警作戰，為什麼每次都把這種差事扔給我？」

「因為你就是這種料。」

「因為你就是這種料。」

「因為只有你這樣威猛的怪人才能應付得了那群不聽話的小鬼頭啊！」

三名怪人異口同聲地說。

「嗯嗯嗯～還是鬼泥鰍說得有道理，那本大爺只好委屈一點，進去給那些臭小鬼一點顏色瞧瞧。」

大熊貓說完心滿意足地走進建築物裡頭，留下其他怪人在背後偷笑。

「好了，大家打起精神，繁星騎警不知什麼時候會到，你們分別到各處查看。」鋼爪虎指揮著同伴說。

其餘兩名怪人點點頭，遁地獸沿著圍牆內部巡邏，鬼泥鰍則是又把人質押回房子裡去。

接著，鋼爪虎掉過頭，神色陰鬱地朝著不遠處外，像看熱鬧一樣圍觀在附近的人群望了過來。

「不要以為我沒注意到你們，齷齪的人類！」

鋼爪虎的驚天一吼頓時令原本鬧哄哄的人群變得鴉雀無聲。

「嘰嘰喳喳的吵死了，你們以為是在逛廟會啊？混蛋！都給我仔細聽好了，黑暗星雲的意志是不可違抗的，告訴繁星騎警，要是一個小時內沒有投降，我就把人質一個一個宰掉！」

說完鋼爪虎伸出手上的爪子，朝著托兒所門口的路燈銅柱用力一揮。

唰！路燈瞬間變成了三截，摔破到地上。

眾人望著緩緩走進屋內的鋼爪虎，依然心有餘悸，四周圍靜得連一根針掉下來也聽得見，看來鋼爪虎的威嚇還是挺有效果的。

「怎怎怎怎麼辦？看樣子他們好像是來真的？」大家你看看我，我看看你，誰也拿不定主意，到最後還是有人結結巴巴地開口：「別、別緊張，繁星騎警一定有辦法的。」

「是啊，我、我們還是等繁星騎警來解決吧！」

唉！這些傢伙，實在使人搖頭。就在大家都還驚惶未定時，我悄悄地離開了人群，溜向托兒所的後方。

根據我事前的調查，托兒所的後方應該有一扇不常使用的門，原本是用來作為遇到事故時的緊急出口，偶爾也會打開來讓街上的流浪貓狗進來吃剩飯剩菜。

這次大概是因為黑暗星雲襲擊得太突然了，裡面的人來不及用這扇門逃走，卻還是可以讓我從外面潛入。

門上的鎖鏽得十分嚴重，不費吹灰之力就可以打開。

托兒所的後院雜草叢生，沒有任何人在巡守，我飛快地衝過了庭院，貼著牆邊仔細地聽著是否有人接近的腳步聲。

到處都很安靜，很好。

我迅速地把門打開，翻身掠進屋裡。在這段期間中我緊張得連大氣都不敢喘一下，要是剛好在這時遇到任何一個怪人……

總之，到目前為止平安無事，我忐忑不安地沿著走廊前進，但就在我爬到二樓時，前方傳來一陣輕微的腳步聲，我立刻全神戒備起來。

「咦？」怪人遁地獸露出了驚訝神情，說道：「地上怎麼有個閃閃發亮的東西？」

遁地獸左右張望，確定了周圍並沒有其他人……也不可能會有其他人，然後蹲下來迫不及待地朝著那樣東西伸出了手。

「呵呵呵……這十塊錢現在是我的了，我才不會把它交給警察。」

「看招！」

趁著遁地獸的注意力完全被硬幣吸引過去時，我高舉著從走廊上找到的折凳，自藏身的陰影處奮力一躍而起，對著怪人的腦袋就是一頓猛毆！

「什、什麼？嗚哇！哇啊！」

遁地獸猝不及防地被痛揍一頓，倉促地只能胡亂揮動雙手試圖抵擋，但是事關性命，我卯足了狠勁拚命往怪人頭上招呼，一陣慘叫聲過後，遁地獸兩眼翻白，倒在地上，這下肯定再也發不出任何聲音了吧！

「嗯咳嗯咳……呼……呼……」我彎腰站在暈死過去的遁地獸身邊，試著努力調勻氣息，雙手仍因為過度施力而顯得蒼白，胸腔內緊張的情緒則是久久不能回復。

真是好險，幸虧趁對方還沒來得及反應前，就先解決掉一名對手。居然會被這種簡單的陷阱給騙倒，只能說萬智博士所製造出來的怪人性格真的跟主人一樣寒酸。

只不過，方才這頓攻勢也用光了我體內積蓄的γ-12星人血統能量，短期間內我也沒辦法積聚這麼多力氣了。如果等會又遇上怪人，搞不好就沒這麼好運了。

怎麼辦，要在這裡打退堂鼓嗎？

答案應該是顯而易見吧！為了查明真相，說什麼也不能放棄。

我扔下折凳，朝額間抹了抹汗水，然後把遁地獸拖到附近的空教室裡頭，找了一條童軍繩把他捆得結結實實……雖然不知這條繩子困不困得住醒來之後的怪人，但我也只能做到這樣了。

按照遁地獸剛才巡邏時謹慎的態度來看，恐怕黑暗星雲就是把人質關在這一層也說不定。

恢復完了體力後，我繼續向前查探。

就在第一個轉角過後的不遠處，我再度聽見了怪人的聲音。

「喂！大熊貓，你還在這裡做什麼？」說話的聲音是鋼爪虎，「你別再陪小孩子玩耍了，緊那羅大人召喚我們過去！」

「咦，大熊貓叔叔不陪我們玩了嗎？」

「……喂！臭小鬼，你說是誰在陪你們玩啊？給你們三分顏色就給我開起染坊來啦！聽好了，本大爺可是怪人大熊貓，怪人啊！怪人啊！你們放尊重一點，小心我生起氣來，把你們統統宰了！」

「哈哈哈哈～大熊貓叔叔生氣好可愛。」

「吼～」

「哈哈哈哈～」

「夠了，大熊貓，不要再丟人現臉了。這些小鬼就交給萬智博士看管，你還是趕緊跟我走吧！」

「啊、啊咧？你說什麼，你是要、要我照顧這群小孩子嗎？」

回應鋼爪虎的，是一道慌慌張張的聲音，我認得出這個聲音的主人，他就是在黑暗星雲中專司製造怪人的研發部門主任萬智博士。雖說是ＩＱ高達一八〇，具有領先地球數十年科技力的腦袋，可是萬智博士本身的個性卻跟小孩子沒什麼兩樣，是個容易感受到挫折、有些唯唯諾諾的男子。

「但是我從沒照顧過小孩呀！這樣的要求對我來說太難了吧？」

「囉唆什麼，叫你做你就做。」

果然，這樣軟弱無力的抗議根本不會被鋼爪虎接受。

「你、你這是什麼態度？鋼爪虎，好歹我也是製造出你們的人，還是你們的上司，你怎麼可以這樣對我說話？」

「你只是負責製造我們的軀體，我們的性格則是天智魔女大人輸入的。更何況現在黑暗星雲是由天智魔女大人主事，你這個小小的研究員一點地位也沒有，憑什麼命令我們？還是說你想嘗嘗我手上這對鋼爪的厲害？」

「嗚……」

我真替萬智博士感到難過，沒想到就連手下的怪人都這麼瞧不起他。

不過，萬智博士沒有再繼續反駁，我可以想像他無奈地接受鋼爪虎威脅的表情。房間裡頭安靜了一會兒，房門忽然打開了。

我急忙屏住了氣息，並且藏回原本的轉角，只探出一點點腦袋窺視著前方動態。鋼爪虎和大熊貓從房間裡走出來後，似乎一點也沒有注意到我，警戒鬆懈地走向更裡頭的地方。

好，現在只要小心不被他們發現並且跟上去，應該就可以得到最關鍵的情報了。

我在心底默數了十秒鐘，拉開了與他們之間的距離，這才從櫃子後面現身。

我慎重地邊走邊躲藏，一直來到走廊最底端，這時只有最後一間房間的裡頭隱約透出燈光，我趴在地上，爬到窗戶底下，傾聽裡面的談話。

「鋼爪虎、大熊貓、鬼泥鰍……嗯，人都到齊了嗎？咦，遁地獸呢？」

「不知道，也許是去巡邏了，需要我把他找來嗎，緊那羅大人？」

「不了，時間有限，待會我還得趕回繁星騎警的身邊，要是消失太久，那些人類也會起疑。稍後的作戰內容你再轉告遁地獸就好，鋼爪虎。」

「我明白了。」

「那我現在來講解一下本次的作戰計畫。繁星騎警現在正在路上，等她來到以後，你們全部的怪人輪番上陣和她戰鬥，一開始一定要裝得她好像陷入苦戰的樣子，等到人類的新聞媒體就位得差不多了，你們注意我的暗號，就準備被她打敗。」

「是的，緊那羅大人。」

「待到繁星騎警將你們一一打倒後，你們就逃進屋子裡，利用遁地獸的地道回到黑暗星雲，聽候我進一步的指示。這次的計畫就這麼簡單，大家都聽懂了嗎？」

「聽懂了。」

「很好。最後再跟大家強調一次，這次的作戰十分重要，上一次襲擊銀行之後，一純鎮上的居民已經重拾對繁星騎警的信心，如果這次再成功救出托兒所小孩的話，那麼繁星騎警的聲望將會更加牢不可破。人類是種相當盲從的動物，只要繁星騎警的聲望越高，鎮民就會越聽從繁星騎警的話，我們黑暗星雲也就更能掌握住這個小鎮。所以，大家演戲一定要演得逼真、確實。」

「遵命。」

「那麼，沒有別的事了吧，大家解……」

「緊那羅大人！」

「嗯？」緊那羅猶豫的聲音傳來，「大熊貓，你有什麼話想說嗎？」

「這個……」大熊貓遲疑了一會兒，「那個……跟繁星騎警戰鬥是一項很危險的任務，我們……我們會因為這項任務而被殺死嗎？」

「這怎麼可能？」

「可是，以前的怪人們統統都因為跟繁星騎警作戰而喪命了，雖然說……雖然說現在這個繁星騎警是……是我們的同伴，可是不知道天智魔女大人會不會……呃……」

「你是要說把你們當棋子來用嗎？」緊那羅銳利地質問道。

「……屬下不敢。」

「大熊貓，你在胡說八道些什麼？」

「這是很失禮的問題，難道你不願意為了組織犧牲嗎？」

「可是……不只是我吧，你們也……」

「住口！不要再說了！」

「夠了，你們不要斥責大熊貓。其實我都知道，你們心裡對此深感疑惑。我在這裡保證，我絕對不會輕易犧牲你們，那麼，還有別的問題嗎？」

「沒有了，謝謝緊那羅大人。」

「沒問題就好。我也該處理接下來的事了，大家解散。」

什麼？這麼快就結束了！我慌張得左顧右盼，萬一在怪人們出來前沒有躲藏好，我說不定會被他們五馬分屍。幸好，在這條走廊上有一個大大的鞋櫃，我打開了鞋櫃拉門，硬是把自己塞進又小又窄的櫃子裡。幾乎就在我把門關好的同一時間，鋼爪虎他們也打開門走了出來。

我連大氣都不敢吭一聲。

腳步聲越來越輕微，看來怪人們很快地走遠了。

又過了一會兒，沉重的皮鞋聲自房裡頭傳來，這一定是緊那羅了。我耐心地等著皮鞋聲消失在盡處。

喀啦、喀啦！

我一點一點地挪動著拉門，設法把卡在鞋櫃裡面的自己給拔出來……呼、呼！這可不是件容易的事，但是不管怎樣，我還是成功地爬了出來。

「緊那羅這傢伙，到底在策劃些什麼陰謀？」

我望著空無一人的走道，感覺自己好像在對緊那羅的背影說話。

然後我走進了他們先前用來開會的房間，尋找是否有什麼蛛絲馬跡。

但是沒什麼特別的，在這個原本看似教室的房間裡，有的只是十分符合托兒所氣息的尋常擺設。大多數的桌椅都被推到一旁，以清出一片讓怪人們可以集會的場地，在場地中央的一張桌上，我發現了一疊散亂的紙。

這些是什麼？我伸手拿起這些文件。

「這是……」

這會不會是緊那羅遺留下來的東西？看起來是一份鎮公所各單位任職人員的清單，有的上面打了勾，有的畫了叉，做滿各式各樣的記號，呃……寫在空白處的說明則讓我很快地看懂了這些註記。

打了勾的是已滲透，畫了叉的代表還沒有完全取得控制。

到底緊那羅想要控制的是什麼東西？我的內心大感疑惑。

就在這時，我忽然感覺到脖子後面傳來一股冷颼颼的氣息。

這一瞬間，我感受到的是真正生命上的危險，身體自然而然地做出了反應，整個人向前撲跌，撞翻了小桌。

「喔！」那個從背後偷襲我的傢伙發出了訝異輕喊，「沒想到你居然閃得開。」

「緊那羅！」

「嘿嘿！又見面了呢！跟天智魔女合作的姚子賢同學。」

一擊未中，緊那羅不慌不忙地重整態勢，望著我邪惡地勾起了嘴角，「真是久違了，距離上次把你綁來當作繁星騎警的誘餌以來，不知你現在過得如何？」

緊那羅輕慢的態度只會令我更加怒火高漲，「你居然還記得這件事，我早就想跟你算帳了！」

「算帳？你憑什麼跟我算帳？」緊那羅不屑地動了動他那歪歪的嘴巴，「區區一個卑賤的人類，我找你算帳還差不多。哼！我早就察覺到外面有人在偷聽我說話，只不過放了點誘餌，還真的釣上一尾大魚。」

我咬了咬嘴唇，內心暗罵自己的莽撞，竟然忘記去考慮到桌上會剛好放著對方忘記帶走的東西，或許是個陷阱。

從緊那羅身上所傳來的壓迫感讓我不自覺地不斷向後退，彷彿不拉開一點距離就讓我不能感到安心。

緊那羅雖然外貌看上去跟人類沒什麼兩樣，然而只要稍微花久一點的時間注視他的雙眼，便能察覺到他的確不可能是個人類……人類是絕對沒辦法如此毫不在乎地顯現出露骨惡意的，光是看著他就讓我感到全身發寒。

「天智魔女應該只有交代你好好散播侵略計畫的訊息，可沒有要你攪進來湊熱鬧吧？」緊那羅抱起了胸口，說：「不過不要緊，我早就想要解決掉你了。雖然你對天智魔女來說似乎很有用，但是你對我而言倒是滿礙眼的。」

「你……你想殺了我？」

「有個喜歡破壞好事的弟弟，對於繁星騎警來說將會是個麻煩——你還是消失掉比較好。」

「開口閉口都是繁星騎警……我問你，你到底在對我姐姐打什麼鬼主意？」

「你真是愚蠢啊……你覺得我會告訴你嗎？」緊那羅撇了撇嘴，「不過還是算了，你只要明白，在我的幫助下，繁星騎警即將成為史上最偉大的英雄，受到全世界的景仰……甚至，統治全世界，那麼，你也就能毫無罣礙地上路了吧？」

「統治？全世界？」我不禁失笑出來，「你是在說什麼瘋話？我姐姐才不是那種人呢！」

「她還會是你『認識』的那個姐姐嗎？少自以為是了，傲慢的小鬼，到閻羅王面前和你的姐姐一起去相親相愛、摟摟抱抱吧！」

緊那羅說完便明快了當地衝了過來。可惡！來得這麼急嗎？我根本沒積蓄好多少力量。在這個時候，不知我身體裡頭還運轉著的 γ-12 星人的血究竟擋不擋得住這個怪人。

生死關頭，我只好豁出去——拚了！

「看招！」

我的奇招奏效，緊那羅錯愕地停下了腳步——雖然只是短短的零點一秒，然而就在緊那羅驚訝地望著漫天飛散的紙張雨片的剎那，我用盡全力，拔腿就往外衝。

現在可不是逞凶鬥狠的時候。

腎上腺素的效力彷彿發揮無窮，通往安全之境的自由之門近在咫尺，可是緊那羅掉過頭來，精確地捕捉到了我的位置。

「想跑哪去？」

怪人以獵豹般的速度衝了過來，情急之下，我揮拳格檔，可是我所做的反應在他眼中看來大概格外地可笑。

「呀啊！」

果然，我再次體驗到現實的殘酷。本來，我身上所流著的宇宙特警的血統就只有一咪咪而已，如果累積了一陣子用來出其不意地打倒一些怪人倒是可以，然而緊那羅……這名由天智魔女以不知從何而來的技術親自打造出的怪人，擁有遠超過萬智博士所生產的怪人好幾倍的力量，不要小看了這看起來平凡無奇的年輕男子。

像鐵箍一樣的手掌瞬間抓住了我的手腕，痛得我撕心裂肺地大叫出來。危急之際，我的雙腳像彈簧一樣地從地上彈起，順著他的力量重重地往地上摔去，幸虧如此，我才不會發生看見自己手臂被活活扯下的慘劇。然而就在身體摔落地面的一剎那，我還是聽見了上臂骨斷裂的不祥聲音。

只用了一擊的時間，緊那羅便徹底剝奪了我的戰鬥能力……不，別說是戰鬥了，在我被恐懼徹底吞沒以前，我能想到的最好比喻，就是把一隻兔子送上了一頭獅子的嘴邊。

緊那羅毫無憐憫之意地騎上了我的身體，我滿懷驚駭地看著他，他露出殘酷微笑——噗啊！這是什麼?緊那羅忽然間從我的視線裡頭消失了，我眼前看到的，則是平淡無奇的桌腳、椅腳，昏昏暗暗的，到底這些是……過了一秒，恐怖的劇痛才傳到腦袋中。

「哇啊啊啊啊！」

原來是這樣，緊那羅揮拳把我的頭打向了另一側，這種暴力的方式，要不是我體內的 γ-12 星血統護身，一般人早就被打得脊椎骨折了。

緊那羅用力捏著我的下巴，將我轉到正面。我的嘴角吐出血沫，不能反抗，只能眼睜睜地看著他右手高舉，五指併攏，形成一把鋒利的劍。

「去死吧！」

指尖銳利的劍鋒，朝著我的胸膛貫來。

「緊那羅？」

就在這個時候，一聲尖叫插入我們之間，緊那羅的手指在我胸前幾公分的地方停下。

他轉頭，「乾闥婆？」

PRODUCTION

姐姐是地球英雄，弟弟我是侵略者幹部

背叛

05

「你在幹什麼？」乾闥婆出現在門口，一臉驚慌失措，「放開那個小子，他對主人來說很重要！」

「他擅闖托兒所，我只是在除掉說不定會破壞我們計畫的小老鼠。」

「主人命令你不可以殺他！」

得……得救了嗎？乾闥婆堅定地從門外踏步進來，緊那羅不得已，只好從我身上離開。

「妳來這裡有什麼事，妳不是應該待在主人身邊、保護主人嗎？」緊那羅抱著雙手，不滿地說，「這個地方有我監督就夠了。」

「你還要時時刻刻待在我們那位繁星騎警小姐身旁，根本沒那麼多空閒吧？主人要我來確保這次的計畫取得足夠的效果。說起來，你最好小心一點啊，緊那羅，你這次沒把計劃書交給主人看，主人已經大發雷霆了。」

「放心，我已經安排好了。」乾闥婆的話語讓緊那羅的表情軟化下來，「謝謝妳的關心，在迦樓羅跟摩呼羅迦離開我們以後，就只剩下我們兩人可以互相照應了。」

「還有主人呀！」

緊那羅不置可否地挑了挑眉毛……是我的錯覺嗎，總覺得他的樣子很奇怪。

「總之，請妳現在跟主人連上線，告訴她我的計畫吧！」

乾闥婆打開手機，螢幕上出現天智魔女強烈不耐煩的面貌。

「緊那羅，你究竟在搞什麼東西，居然私自更改作戰計畫！」

天智魔女的聲音怒氣沖沖，「這種事情有一就不該再有二，上一次的作戰中，我明明命令你們圍攻繁星騎警，你們卻擅自改變了計畫，害得迦樓羅與摩呼羅迦都因而折損，這次你又想重蹈覆轍嗎？」

「我……我不敢。」

原來如此……即使身在重傷之中的我依然對他們兩人之間的對話聽得很真切，這麼說起來，當初把我綁架到一純百貨公司讓迦樓羅單獨對上姐姐的計畫是怪人們自作主張。

看起來緊那羅大概也不敢把當時的真相一五一十地告訴天智魔女，也許這就是為什麼她還沒察覺到「姚子賢與厄影參謀之間的關係」的原因。

總之，那時幸運女神選擇站在我這裡……可是卻不知道現在她還願不願意我青睞。

「你們只是怪人，不應該有自我思想，只需要乖乖聽從主人的命令。」

緊那羅臉色陰晴不定，語調壓抑地點頭稱是。

天智魔女迅速地掃過了計劃書一眼。

「這樣子的效果還不夠強烈，讓那些怪人都在這次計畫中犧牲掉比較好，繁星騎警需要更多的功績，好加強大眾對她的印象。」

緊那羅顯得有些吃驚，「可、可是……鋼爪虎他們也不想死。」

「那些低品質的怪人只要再繼續製造就有，和我們的繁星騎警根本無法相提並論。緊那羅，如果你做不來，乾闥婆可以代替你，只要用她的腦電波控制，這些怪人自然會乖乖地替組織犧牲。」

緊那羅錯愕不語，張開了嘴巴卻無法做出回答。

「就是這樣，緊那羅，我看這件事情還是交給我來辦吧。」

「等、等一下，妳是認真的嗎？」

看著轉身走出去的乾闥婆，緊那羅的語氣產生了一絲變化。

「主人的命令是絕對的。」

「我明白了……」臉色蒼白的緊那羅慢慢地走近乾闥婆身邊，就在此時，我看見他眼中閃起一絲充滿了堅定決意的目光。

他忽然語氣訝異地叫道：「啊！妳看那裡！」

「咦，什麼……啊！」

乾闥婆不疑有他，順著緊那羅的手指調過了視線，接著就是一聲令人聽了毛骨悚然的慘叫。

我勉強地支起上半身，卻赫然看見令我驚訝不已的一幕。

緊那羅把手臂從乾闥婆的肚子裡頭抽了出來，身負重傷的少女怪人疲憊垂軟地倒下。

「為……為什麼？」

「真遺憾妳跟我們不是站在同一國的，乾闥婆，妳毫無自覺，本應更加優秀的自己，已經成為……人類的走狗。」緊那羅蹲下來，用乾闥婆的衣服擦拭手上的血跡，「看在我們都是怪人同伴的分上，我不會真的殺死妳，只是讓妳暫時失去活動能力。等我解決完一切問題之後，妳一定能夠體諒我的決定。」

乾闥婆雖然還想說什麼，可是力不從心，漸漸閉上了雙眼。

「安靜休息吧！」

說完後，緊那羅站了起來。

「發生什麼事了，緊那羅？乾闥婆？」天智魔女焦急的聲音從通訊機裡頭傳來。

「我在這裡。」

「緊那羅，你剛剛做了什麼？」

「沒什麼。」緊那羅表情冷酷地拾起了地上的通訊機，「天智魔女，妳聽好了，從現在起，我不再受妳指揮了。」

「你說什麼？」

「像妳這樣草菅怪人性命的傢伙，根本不值得我效命。怪人是比人類更加優秀的物種，從今以後，我會和繁星騎警一起打造屬於我們怪人真正的國度，而妳就和那些低等的人類一樣，是我們的敵人。」

天智魔女的聲音聽起來氣急敗壞，「緊那羅，你有膽就再說一次，你……」

啪嘰！緊那羅用力一捏，金屬製的通訊機就在他的手裡化成了碎片。

接著，他的視線嚴峻地落到了我的身上。

我頭皮發麻，直勾勾地看著不斷朝我逼近的怪人。

「嗚……」我掙扎著試圖後退，可是一動起來就會牽動到手臂的傷勢，痛得我冷汗直冒，「你……你早就想背叛天智魔女了，是嗎？」

無計可施之下，我只好開口胡言亂語，試圖撥弄緊那羅的情緒。

「這是當然。天智魔女有把我們怪人當人看嗎？她是個無情無義的人，過往的經歷和挫折使她扭曲，在她眼裡就連人類都不可信任了，怪人又算得了什麼？我們只不過是工具。」緊那羅淡淡地說道，然後舉起了手臂，「但是我們怪人，才是經歷了進化，比人類更加優秀的存在。」

「但是……但是，這跟繁星騎警又有何關係？聽、聽你的語氣，好像處處都在維護她？」

天啊，我為什麼會把話題跳到這裡來？劇痛當下的我，幾乎已是口不擇言，只求把空氣拚命地擠出肺部，最好能夠連痛楚一起擠出。

「現在這位繁星騎警，當然跟你們完全不一樣……」

他緩緩地說道，忽然看了我一眼。

「你想探我口風？」緊那羅輕笑，「可惜沒這麼容易。」

到、到此為止了嗎？緊那羅已經接近到伸手就能觸摸到我的距離，他伸出大手，抓住我的脖子。

「嗚、嗚……」我軟弱無力地抬起手臂，但是我的掙扎好像只是給他搔癢一樣。

緊那羅開始施力，我、我漸漸地不能呼吸了……

我的雙腳像脫離了水的魚，拚命地拍打著，這時就連手臂斷掉，在窒息的痛苦面前都顯得那麼微不足道。逐漸缺氧的腦部剝奪了我的五感，視野漸漸模糊，唯一能夠清楚感覺到的，就是意識飛快地流失。

快點！哪個、哪個人都好，快點來救我！

正當絕望無情地籠罩著我，一切萬念俱灰之際，一道俐落的身影忽然突破壁上玻璃窗，飛快地搶進房間裡來。

「呀啊——放開姚子賢！」

「什麼？」緊那羅大吃一驚，冷不防被闖入者一擊正中腰肋。

他緊圈著我的手掌也隨即放開，在地心引力的作用下，我的身體無助地癱落。眨眼之間，我看見了那個人模糊不清的身形。

為什麼，為什麼感覺會這麼地熟悉呢？

好像在哪裡見過……

啊啊！但是，我已經沒有辦法思考下去了。

我的意識陷入了曚曨的黑暗。

受到黑暗浸染的眼皮底下充滿著彩色的光，一點一點閃爍著，這是藏在眼皮底下的星河嗎？

經過了一段渾渾噩噩的時間以後，意識緩緩恢復過來。當我的身體逐漸找回原本的感覺以後，第一個流入我腦海裡頭的印象是貼在臉夾上的柔軟。

唔～唔～怎麼這麼舒服呢？這種接近於人體溫的溫暖讓人捨不得離開……不對，這絕對就是人的體溫吧！我發出了微弱的呻吟。

「子賢，子賢，醒來了沒有？」

啊，這個聲音！

我驚訝地發覺到，這不是姐姐的聲音嗎？

但是姐姐已經離家出走了，所以，我一定是在做夢吧！這是個讓我不想起來的夢，我乾脆就在夢境裡面一輩子聽著姐姐舒服的聲音好了。

下定了決心，我用力抱住了枕頭。

「哎呀，這個……子賢，你在摸哪裡啊？」

結果迎來的是姐姐慌慌張張的聲音，隨即，我的手被大力捏了一下，好痛！

「呃呃！」

沒聽說過會咬人的枕頭啊！拜此所賜，我睡意全消了。

我睜開了眼睛，卻發現自己正停靠在某個人的膝蓋……正確來說是大腿上面。

「子賢，真是的，你不要這樣……啊！你身體復原了沒有，要不要再多躺一下？」

一雙溫柔的手掌撫在我的肩上，輕輕地使力按著我，但是我抗拒了這股力道，急於爬起。

如果、如果說……

我抬起頭，驚愕地注視著出現在眼前的人，下意識地，伸出了手用力捏了一下自己的臉頰。

「嗚哇，好痛！」

「子賢，你在做什麼，為什麼要捏自己啊？」

我沒有回答，抓住了對方心急地朝著我伸過來的手，用力地貼到了臉上。

「太好了，這不是夢……這不是夢……」

我激動得說不出更多的話來，哽咽住的喉嚨像是吞了一塊大石。對方則是露出了有些困擾的微笑，並沒有馬上把手抽開。

「……姐姐。」

這兩個字，彷彿把我胸口裡頭所有的空氣全都吐盡了一樣，頓時有種完全釋放過後的空虛感。

「嗨，好久不見了。」

姐姐只是點頭，然後伸過手臂，把我像小孩子一樣地抱住。

我們大概抱了一分鐘左右，姐姐終於忍受不住地說：「好了吧，子賢，那個……你抱得這麼緊，我快要不能呼吸了……就算我是外星人也沒辦法憋氣憋這麼久啦～」

我只好難為情地放開了姐姐。

「嗯，姐姐，看到妳真開心。」

姐姐退後了一步，撥了撥弄亂的頭髮，露出微笑。

「是啊，我也很想念你喔！」

……我實在忍不下去了，不行，這一瞬間，我發現我無法抑止自己體內高漲的欲望——

「姐姐！」

我高聲大喊，朝著姐姐撲了過去！啊啊啊啊啊啊不行，我還想要多抱抱姐姐一點，才這麼一點時間的接觸，根本沒辦法補充我體內的 sister material，對我來說，這可是和維生素、澱粉跟蛋白質沒什麼兩樣的必須品啊！

「嗚啊，姚子賢，你不要這樣啦！」

突然受到驚嚇的姐姐尖叫一聲，下意識地揮過來了一記手刀，把我打倒在地。

「哎呀！」

「啊啊，對、對不起啦，姚子賢，你會不會痛？」

姐姐趕快把我扶起來，「不好意思，請你原諒我。那個……拜託稍微你小聲一點，不要讓我被別人注意到這裡。」

「喔、喔，好，對不起，我會注意的。」

有很多明星藝人好像都會刻意低調行事，過著不張揚的生活，好避免一些日常生活中的困擾，姐姐現在也算是名人，大概也開始會有這種奢侈的煩惱了吧？

我皺起眉頭，忽然想到，「啊，托兒所、托兒所怎麼樣了？」

「沒有怎樣，我們現在還在托兒所外面呢！」

我稍微看了一下左右，小巷子裡頭積滿了雜物，我們藏身在一座由廢棄的沙發、大型家具以及檯燈櫥櫃……等所形成的堡壘裡面，巷子的外面似乎有許多人激動地大喊，喊聲的內容模糊不清但不斷地傳來，不知道外頭發生什麼事了。

「戰鬥結束了嗎？」我問道，「妳把緊那羅和怪人都打跑了？」

姐姐搖了搖頭。

「咦，還沒有？那、那妳現在怎麼會在這裡？」

我看著姐姐現在的模樣，心中忍不住升起疑問，現在的姐姐穿著一件顏色非常暗沉的連帽登山夾克，頭頂上戴著一頂棒球帽，腿上泥漬斑斑的牛仔褲和腳上穿著的破舊球鞋，並不是作為繁星騎警的打扮。

這個樣子……與其說是小鎮英雄，還不如說比較像是跟蹤者的打扮……「這副打扮又是怎麼一回事？」

「哎，你說話太大聲了，我現在正在跟蹤別人，你會害我被發現的。」

什麼？不會吧！還真的是……姐姐竟然開始尾行別人？

我慌慌張張地說：「妳現在不需要以繁星騎警的身分露面嗎？等等，妳說戰鬥還沒有結束，那現在是誰在應付那些怪人？」

姐姐的聲調跟模樣忽然變得有些古怪。

「是繁星騎警。」

「繁星騎警？」

「是繁星騎警。」姐姐點了點頭，那表情是我從來沒見過的苦澀。

姐姐拉著我走到了小巷的盡頭。

原來這裡和托兒所之間的距離這麼近啊！我們探頭出巷子口，就從側面看見被怪人占領的托兒所，然而，我卻發現了令人極其驚訝的一幕。

「姐姐，這、這是……」

在托兒所前方的空地上，有一群人正展開激烈的戰鬥，媒體、警察以及其他閒雜人等則是退到了幾十公尺以外，個個屏氣凝神地注視著場中的一切。

在場中央激戰的一方當然是黑暗星雲的怪人們，鋼爪虎、鬼泥鰍、大熊貓，圍著他們的對手展開車輪式的猛攻，可、可是……

「姐姐，這到底是怎麼一回事？為什麼，為什麼繁星騎警會出現在那裡？」我指著前方，難掩驚駭地問道。

姐姐支支吾吾，一副不知道該怎麼樣說明的困擾表情。

「我們先進去吧！」

「咦？」

「這些事情……我也不知道該怎麼解釋才比較好。」

姐姐露出混亂的表情，這時候我想起，姐姐並不擅長把複雜的事情整理得有條不紊，到底為什麼會出現兩個繁星騎警這件事，絕對不是三言兩語就能交代得清楚，再這樣強硬地逼迫下去，也只會使得姐姐更加頭痛。

「等小千和小綾來了，我再慢慢……嗯，慢慢說給你們聽。」

「小千、小綾？」我錯愕了一下，「啊！沒、沒錯，可是，她們為什麼會來這裡？」

「我撥了你的手機。」姐姐解釋，「剛剛你倒在地上的時候，我還以為你會死掉，害我擔心死了。我身上沒有手機，又想不到其他的辦法，本來想要用你的手機叫救護車，可是你的手機鎖死了。」

我點點頭。

當然啦！我預定要進行的，可是一個極為危險的計畫——深入黑暗星雲可能侵略的地點進行查探。我當然早就想過萬一被怪人抓住的話要怎麼辦。

要盡量地降低洩漏自己身分的可能性，這是基本常識。因此我在潛入前，就謹慎地把手機鎖住，同時把緊急通話的功能修改，如果在最糟糕的情況發生時，我就可以把手機扔出去，撿到的人撥話以後，就會通到黃之綾的手機，這樣黃之綾就會知道「我已經出事了」的這項消息。

順帶一提，黃之綾的緊急通話會撥打給小千，而小千則是撥打給我。這項機制是我們在同盟陣線一開始時就已經決定好了的。

「我本來還覺得奇怪，你的手機怎麼不能撥打緊急電話，但後來一接起來居然是小綾的聲音……欸，小綾的家是警察局嗎？」

「……當然不是。」

那只是一種偽裝而已，萬一撥出這隻電話的是黑暗星雲的怪人怎麼辦？所以，我們如果接到由對方號碼撥過來的電話，另一頭卻是不認識的聲音的時候，第一件事情都是先偽裝成警察或是醫療單位。

「可是小綾聽了我說的事情以後，馬上說要和小千一起過來。幸好，你沒過多久就醒來了，呼……真是鬆了一口氣。」

姐姐說完又揉揉我的腦袋。

「總之，我們先進去吧！」姐姐防備地看著那名「繁星騎警」，拉著我肩頭的衣服說道。

「等一下。」我移動了一下右手，抓住姐姐的手，更加聚精會神地觀看那場戰鬥。

會如此吸引我注意力的，不只是因為忽然出現的這第二位「繁星騎警」而已，要真的說起來，那位「繁星騎警」現在可是遭到三名怪人同時圍攻啊！

就算我早就從緊那羅的口中知道這只不過是一齣戲好了，也絕不表示沒有一點實力就可以上臺配合怪人們演戲。那些可都是力大無窮、凶猛殘暴的野蠻存在，光是鋼爪虎配在拳上的那一對銳利鋼爪，就能輕易將人開腸破肚，把坦克裝甲車的鋼板當作薄紙一樣隨意地割開。

可是「繁星騎警」在怪人輪番圍戰之中，依然臉不紅、氣不喘，半點也不存在生澀，就好像……就好像是真的繁星騎警在那兒戰鬥。

我回頭看了看姐姐，姐姐的臉上是如履薄冰般的蒼白神色。

PRODUCTION

06 兩個繁星騎警

我們回到了小巷之中，結果小千與黃之綾早就在那兒等待了。

「真是的，姚子賢，你跑到哪去了，害我們還以為找錯了位置了耶……咦！小實姐？真的是小實姐嗎？」

訝異地掩著嘴巴的小千飛快跑了過來，她的表情和我再次見到姐姐時一模一樣，都是完全不敢置信的樣子。小千在姐姐身上又捏又摸的，好像要確認眼前的這位究竟是不是幻影。

「是、是啦，我是真的，小千妳不要再摸了……好癢喔！」

「真、真的是小實姐耶！」確認過後的小千歡呼，「我好想妳喔，小實姐！」

「嗯、嗯咳！」倒是黃之綾還是維持著一貫的冷靜，大概是小千確認過，她就相信姐姐是真的了，「雖然我還有一大堆疑惑，可是現在最重要的是這個吧……如果這真的是小實姐，那外面那一位……又是誰呢？」

抓著姐姐的手不停搖晃的小千這時候也停了下來，「是啊！我們剛剛來的路上也有看到，那個在跟怪人戰鬥的……難道不是繁星騎警嗎？」

我們三人同時帶著疑惑的眼神，望向姐姐。

「她到底是誰？」

我們都非常期待姐姐的答案，沒想到姐姐說：「我也不知道。」

「咦？」

「是、是真的啦！我真的不知道她是誰。」姐姐哭喪著臉，焦急地說，「她在那天忽然出現，和我打了一架，接下來我暈倒了，醒來之後就發現繁星騎警換了一個人了，然後我……」

姐姐比手畫腳，開始一連串語無倫次的說明，對應著姐姐前言不對後語的話語，我們三人分別做出了不同的表情。小千因為太複雜了聽不懂乾脆摀起耳朵，求救似地望著我們；我拚命地想要理解姐姐話中的含意，露出了絞盡腦汁、腦袋快要爆炸的神色；而黃之綾則是直截了當地舉高了手指。

「停！停！停！」黃之綾稍微喘了口氣，「小實姐妳這樣說根本沒人聽得懂，還是從頭來過……呃，不，這裡不方便說話，我們還是先回到安全一點的地方再說。」

我和小千點點頭，同意她的說法。

姐姐好像還要再說些什麼，然而這時候外頭爆發出了好大一陣熱烈的歡呼聲。

「發生什麼事了？」

我們向巷外探看，看見遠處的托兒所前，只剩下高舉雙臂，接受眾人歡呼的繁星騎警。

「她贏了！」我訝異地說道：「果然真如緊那羅所言，那些怪人早就跟她套好招了。」

「緊那羅？」黃之綾不解地望著我，「又關緊那羅什麼事？」

「晚點我會告訴妳。」

怪人們都逃進了托兒所，呃！如果我沒記錯的話，他們接下來應該打算利用遁地獸挖掘出地道離開……可是，遁地獸已經被我打倒了，他們來得及嗎？

話又說回來，緊那羅並沒有說明人質要如何處理，到底那些怪人們會怎麼做呢？

我的疑惑很快地就得到了答案。

砰轟！

天、天啊！這是什麼情況？接下來發生在我們眼前的場景讓我們目瞪口呆，托兒所就這樣直接起火爆炸了。

「他、他們把整間屋子炸掉了？那裡面還有小孩啊！」小千尖叫道。

「呀啊啊啊啊——」

人群中也爆發出一陣哭喊，那些都是被困在托兒所裡頭的孩子們的家長。托兒所陷入一片火海，裡面孩子的命運可想而知。

「不！放我進去，我的小孩還在裡面！」

「我的孩子啊！」

警察們費了好大一番力氣才拉住激動的父母們，不讓他們衝入火場。

這劇烈的變化讓我們一時之間都不知道該說什麼，怪人們……怪人們應該統統都死了吧！他們應該做夢也想不到，被我打暈的遁地獸根本沒能來得及為他們挖出逃生的地道，這片烈焰同時也成為了他們的葬身之處……只不過，竟然要一大群無辜的小孩和職員老師與他們一同陪葬。

這時候小千突然指著前方叫道：「等一等，你們看！」

咦？我們之中眼力最好的小千率先注意到了，火場中出現了一批身影。

「快、快點，小朋友們，用沾濕的毛巾跟外套包住身體，一口氣往前衝！哎、哎呀，但是遇到火災時的正確情況其實是要壓低身體在地上爬……」

「現在不是管這個的時候了，博士！」

「呃！對不起，你說的沒錯，所長先生。因為現在有我的發明『空氣清淨獸』，所以雖然周圍都是火，我們也不必擔心吸入過多的濃煙跟二氧化碳，但是牠不能防火……快一點，小朋友們，跟著老師們一起跑！」

「嗚哇啊啊啊啊！」

突然出現的小孩子跟職員、老師，讓火場外的消防隊員精神一振，「在那裡，用水柱替他們開路！」

消防隊員奮力地撲滅了穿堂上的火，隨即，人質們就隨著一隻在空中拍著翅膀不斷發出愉快歌唱的小鳥，哇哇大叫著衝了出來。那隻鸚鵡大小的鳥兒就像變魔術一樣地把周圍的濃煙吸入身體裡，吸得越多就唱得越快樂。

而領在這群人最前面的，竟然是萬智博士。

「呃……呃……這個，我真的不知道該說些什麼。」

電視上的萬智博士看起來手忙腳亂，似乎完全不懂得如何應付媒體，可是此刻的他毫無疑問是鎮上的英雄，因為成功救出了被怪人挾持的小孩子們跟老師而聲名大噪，身邊被記者層層包圍，流露出一副困窘的神色。

「請您不要緊張，您非常英勇地救出了孩子們，可不可以向觀眾朋友們做個簡單的自我介紹？首先請問您是誰，又為什麼要這樣子做呢？」

「這、這個嘛，我叫做萬智。我嘛……我覺得小孩子非常可愛，那、那個，起火的時候，我剛好就在裡面，實在不忍心看到這麼多可愛的小孩死於非命，所以就自作主張地救了他們……對不起。」

他到底是在向誰道歉啊？唉！算了，想來想去一定是天智魔女吧！

然而難道沒有人覺得「剛好」身在挾持事件現場的萬智博士身分很可疑嗎？我們的媒體繼續追問道：「您為什麼要道歉呢？您做的是一件好事，請您繼續回答，您是從哪裡來的呢？」

「我做的是件好事嗎？」

「當然是囉，您看，小孩子因為您的舉動而倖免於難，還有許多老師，小孩子的家長們都因為您的行為而感到非常高興呀！」

「可是我看他們都在哭，不是嗎？」

「那叫喜極而泣……吧？」開始有記者露出不耐煩表情了，不過，萬智博士遲鈍地沒有發覺。

「原、原來他們是覺得很高興啊……我還以為我又做錯什麼了呢……」他點了點頭，「噢，對了，你們剛剛是問我哪裡來嗎？那、那個，我本來是在這裡工作啦，只不過就在不久前，我想我應該是被人開除了……不然他們也不會想把我留在這……」

「您的老闆對您很不好嗎？竟然會想要開除您這麼善良的人？」

「啊，其實我老闆對我相當不錯，只不過……只不過我和我最近的主管……那個怎麼說，有點不適應……」萬智博士難為情地搔搔腦袋，「最近我也一直在考慮是不是該離開，感覺……這個環境已經不適合我，但是我又沒有別的長處，不知道該往哪裡去。」

這時候，托兒所的所長走了過來，「你剛剛說的話我都聽到了，我看你當時在房間裡照顧小孩子們的模樣，知道你心地其實挺善良的，而且是真心喜歡小孩，若不嫌棄的話，你要不要在我們托兒所工作呢？」

「這、這真的可以嗎？」

「當然囉！你是我們大家的救命恩人，何況孩子們也很喜歡你，說不定教育正是你的天職呢！」所長拍了拍萬智博士的肩膀，「噢，對了，還沒問你，你那隻會飛的雞是怎麼養出來的？」

「……那是斑鳩，而且牠的全名應該叫做『空氣清淨獸』。」

嗚！看起來事情似乎是有了個圓滿的結果。我端來了茶水，給位在我房間裡的四個客人。

就在我們依然沉浸在那溫馨的氣氛之際，黃之綾站了起來，用遙控器把電視切成靜音，然後拍了拍手，喚回我們的注意力。

「好啦，新聞時間暫時到此為止。這次的挾持事件沒有什麼傷亡……除了消防隊發現的被燒死的怪人以外，大家可以稍微安心一點。姚子賢的傷勢也沒什麼大礙了，所以現在，我們該來釐清一下小實姐的故事了吧。」

小千戳了戳我的手臂，「還痛嗎？看起來很正常啊，你是真的被人弄斷手臂了嗎？」

我苦笑了一下，這都要歸功於 γ-12 星人的血統啊！否則普通人類怎麼可能讓斷手復原得這麼快？

被眾人眼光所注視的姐姐，露出了不知如何是好的表情。

「一件一件事情慢慢講吧，姐姐。」我溫柔地勸道：「不要緊張……妳之前說的那一天，應該是指侵略一純銀行的那件事吧？」

「咦，子賢你怎麼知道？」姐姐詫異地眨了眨眼，「那天我本來在外面和怪人戰鬥，後來一個不小心被他們撞進了銀行裡。」

沒錯，我還記得很清楚，就在姐姐望向銀行內部的那一刻，露出了極為吃驚的表情，代表當時在銀行裡頭一定有著什麼……而且絕對不是怪人那一類的東西，因為姐姐和那個東西纏鬥了非常久，一般怪人根本不會是姐姐的對手。

「所以，小實姐妳看到了什麼？」

「是呀，小實姐究竟看到了什麼東西？」

姐姐這時露出有些猶豫的神色，「那個……我說了你們不要笑我喔……我、我當時看到了我自己。」

「什麼，妳自己？」小千驚愕地大叫。

「該、該不會妳看到的只是一面鏡子吧？」黃之綾也一頭霧水地猜測。

「不，那真的就是我自己。天啊，她跟我的動作是不一樣的耶，是鏡子的話，這種事情怎麼可能發生啊？」

「然、然後呢？」

姐姐稍微咬了咬嘴唇，「那個繁星騎警二話不說，馬上朝我打了過來，我只好拚了命地反抗，沒想到她好厲害，結果竟然是我打輸了……等我醒過來時，已經不知道過了多久，我跑到街上看電視，才發現我的身分已經被她取代了，於是我就再也不是繁星騎警了。」

這、這是多麼荒謬的故事啊……聽完了姐姐的故事以後，房間裡的每個人臉色都有點凝重。

雖然我並不是懷疑姐姐會信口開河，可是，這樣的故事聽起來，一百個人裡頭恐怕會有九十九個人搖頭不信。剩下來那唯一一個當然是我，我可是對姐姐抱著無比的信心……儘管如此，要不是因為發生在我身上的事情實在太過離奇，我搞不好也沒辦法說得如此信誓旦旦。

「居然有這種事，難道我們這陣子看到的繁星騎警都是假貨嗎？」坐在椅子上的小千不斷敲打著桌子，不以為然地說，「這世界上怎麼可能會有第二個小實姐存在呢？」

「不，說不定真的有這種可能。」

「咦？」

我的話瞬間引起了眾人的注意力。

「這種事情是有可能發生的。」

這一瞬間，我將天智魔女那反常的規劃以及這一連串驚人的意外連貫起來，某個想法慢慢地在腦海中有了雛型。

我豎起一根手指說，「因為，我懷疑有一件事情跟這個有關。」

「既然你有什麼想法，那就別賣關子了，快說呀！」黃之綾急切地催促道。

我點點頭，認真嚴肅地面向黃之綾，不假思索地開口：

「我喜歡妳。」

……啊！

我用力拍了自己的額頭一下。

黃之綾目瞪口呆。

「搞、搞什麼東西啊你！」一瞬間，她的臉頰咻地飛紅起來，「現、現在是說這種話的時候嗎？你、你、你、你、你……」她忽然慌慌張張地說不出話來。

「不、不、不是那樣子的，等一下，我喜歡妳、不、不對，我喜歡妳……呀啊！」

我痛苦地抱著頭，天啊！為什麼，為什麼我的嘴巴老是拒絕把「天智魔女」這四個字給說出口？

黃之綾抱著枕頭整個人發軟地倒下，小千則是氣急敗壞地抗議：「等等，為什麼沒有對我說？」

「子賢，沒想到你……」姐姐掩著嘴巴，兩條眉毛像是在眼睛上方跳舞似地，一副想強忍又強忍不住的模樣，意味複雜地深望著我。

「我的弟弟終於長大了……」

嗚哇！誤會！誤會！這下誤解大了。

「不、不是啦，姐姐，妳聽我說……我喜歡妳。」

「謝謝啦，我也喜歡你。可是，小綾說得很對，你要告白，也不該是選現在這種時候對吧？」

「等一下，姚子賢，其他兩個人都說了，為什麼只有我被你忽略？為什麼？」

哎呀！真是的，現在情況怎麼變得這麼混亂？哪件都不是我的本意……除了對姐姐說的以外。我驚怒交加地跳了起來，衝向房間裡一直默不吭聲的那最後一個人。

「乾闥婆！」我怒吼，「看妳幹的好事，快點給我把這個禁制解除！」

乾闥婆，當然是乾闥婆！除了她，還會有誰要對發生在我身上的悲劇負責？聰明的各位或許已經注意到了，從一開始我所說的就是「我端了茶水給位在我房間的四位客人」，當然不包括我自己，因為我就是我自己房間的主人。

當時昏迷在地上的乾闥婆，身上穿著的是女高中生的制服，因此從不曾看過她長相的姐姐，便誤以為她是普通人而好心把她救了出來，如今她身上的傷勢已經復原得差不多了，真不愧是一等一的怪人。

「唷唷唷，你怎麼這麼狗咬呂洞賓，不識好人心？我這可是讓你能夠盡情享受小說主角級別的後宮待遇耶！」

「我不需要那種東西，我只要有姐姐就夠了！」我用力搖晃著她的領口，「快點，我可是把妳從那個地方給救了出來喔，現在該是妳報答恩惠的時候了吧？求求妳吧乾闥婆，我……我只想要好好地把話說清楚……嗚嗚！」

「說什麼呀，把我救出來的應該是你的姐姐吧？好啦好啦，你別搖了……還有你也別哭了，我幫你解除身上的禁制就是了。」

隨即，在眾人驚奇的注目下，乾闥婆把我身上的催眠術解除掉了。我如釋重負地鬆了一口氣。

「原來……你會說出那樣奇怪的話是因為遭到催眠啊！」姐姐感嘆地說道。

「嗚！害我白高興了一下……呃不對，我是說，我早就知道背後一定有這種特殊的理由了。」黃之綾有點不高興地說。

「那我呢？為什麼只有我沒有？」小千悶悶不樂地追問。

「天智魔女！天智魔女！天智魔女……呼，終於可以順暢地說話了。」

原來能夠自由自在地操縱自己的嘴巴是多麼愉快的一件事。

「……所以，就如同我剛剛所說的，這一切事情的背後都有天智魔女操縱的痕跡在。」

「真是可怕，她的陰謀詭計還真是防不勝防。不過姚子賢，這麼重要的事情你居然沒有早點告訴我們，害我和小千那麼擔心你。」

「……我有嘗試過呀！可是妳看，因為乾闥婆的惡搞，我只要想說出關於天智魔女的事情就會自動跟人告白，根本沒辦法如願。」

聽完我的話後，黃之綾無奈地咂了咂嘴。

「真是的……難道就只有我感覺好像比別人多吃了一點虧嗎？」小千耿耿於懷地說道，「不過，我們還是不清楚天智魔女的計畫是什麼，還有那第二個小實姐又是怎麼一回事呀。」

我轉過頭，望著乾闥婆，「這裡不就是有一個和天智魔女十分親近的人嗎？」

「你覺得我會告訴你嗎？」乾闥婆歪著頭，不以為然地看著我。

嗚！果然沒有這麼容易讓她就範……看來並沒有因為救了她，就使得她認為我們是同伴。

「可以喔！」

「我就知道……咦？」

「我可以說出事情的祕密，但是我有兩個交換條件。」

乾闥婆很乾脆地豎起兩根手指，我望著她那略顯狡猾的表情，不滿地嘟起了嘴巴，「哼！妳現在在我們的地盤，還能玩什麼詭計？不如妳就說說看吧。」

「嗯，嗯，嗯～好舒服，呼呼～果然還是姐姐大人的懷裡頭最暖最棒了！」

「我收回前言！妳、妳、妳馬上給我從那個地方下來！」

「姚子賢，你千萬別衝動，要以大局為重啊！」

「呵呵……弟弟，你就繼續在那裡嫉妒我吧，你越悲憤我就越開懷……嗯，來，姐姐大人，讓我餵妳吃顆葡萄～」

「誰、誰是妳弟弟？」

「哎呀！事情怎麼會變成這個樣子呢？」姐姐困擾地看著坐在她懷裡頭的乾闥婆，忍不住說了一句。

我激烈地咆哮著，只想衝上去把乾闥婆扯下來，然後打爆她的腦袋。喂！怎麼可以坐在姐姐的懷裡面？是誰允許妳的？那裡應該是我的位置……呃啊！我在說些什麼？

為了制止我的暴走，小千和黃之綾則是牢牢地抓住了我的手臂。

不明究理地被乾闥婆給黏上的姐姐，糊里糊塗地問著她說，「不好意思，乾闥婆小姐，妳為什麼會突然做出這種要求呢？」

正在不斷地把臉往姐姐身上蹭的該死的怪人，則是露出了受傷的表情，「什麼呀，姐姐大人，難道妳忘記人家了嗎？喵～」

「喵？」

同一時間，姐姐和我吃驚地眨了眨眼，這個語調好像在哪聽過？

「沒錯唷，其實，我正是繼承了巫術貓記憶的怪人喔！」

乾闥婆捲起了一顆拳頭，言行舉止看上去果然變得越來越有貓的模樣，「自從我繼承了巫術貓的記憶之後，我的腦海裡就無時無刻不烙印著姐姐大人的身影，朝思暮想，無法自拔～啊～偏偏我們之間是敵對的關係，多麼淒美，簡直就像是羅密歐與茱麗葉，但是沒有問題，真愛可以擺平一切。」

「哪裡來的真愛？妳少臭美了！」我生氣地想要抓住乾闥婆，卻被她一腳踢開，只好憤怒地喊道：「趕快給我從姐姐身上下來，還有別再閒扯了，快說有關天智魔女計畫的事。」

「不要！」

「妳……」

「好了好了，乾闥婆，妳可不可以趕快說正經的事呢？」

「喵～當然好，只要是姐姐大人的要求我一定辦到。」

乾闥婆那副諂媚的模樣……可惡，真是不想說了，總之她開始為我們大家說明。

「我們四個護衛各自擁有其他怪人沒有的特殊能力，這點應該不必我說明吧？迦樓羅有鋼鐵之身，摩呼羅迦是小型發電機，我和緊那羅也在得到大魔王陛下的科技強化之後更上層樓，只不過我們的能力比較偏向精神層面。

「我擁有的是催眠、限制的力量，但是緊那羅的能力更特別，可以複製記憶，他能夠藉由這個力量改變他的目標。」

「複製記憶？」我們異口同聲地發出了困惑的疑問，「這和催眠有什麼不一樣？」

乾闥婆點點頭，「很不一樣。催眠是利用催眠師的精神力量，將特定的暗示輸入對方的大腦，就像我對弟弟所做的那樣，我只能短暫地、局部地，灌輸禁止把某些話說出口或者突然變得狂熱這樣的暗示，而且催眠可以被解除。

「但是緊那羅的能力是徹底把一個人的記憶移轉到另一個人身上，這種能力可以永久地、不可逆轉地改變另一個人的人格。你們或許會疑惑為什麼他要選擇這種能力，畢竟對戰鬥幾乎完全沒有用，但其實這是一項非常可怕的能力。」

我對乾闥婆的結論大感意外，「為什麼？這個能力看起來並不怎麼樣啊！」

「大家知道製造一個怪人最困難的地方是什麼嗎？」

「研發出更強韌的身體？」

「更有破壞力的武裝？」

「核子飛彈？」

「都不對。」乾闥婆搖搖頭，「其實是為怪人的腦袋輸入思考程式。喂！弟弟，難道你以為怪人天生下來就很會打架嗎？你想想看，一個剛生下來的小嬰兒，難道馬上就具備跟人戰鬥的技巧嗎？

「怪人的思考能力必須後天輸入，這是很困難的工作。弟弟你明白了嗎？你那膚淺的想法根本是大錯特錯！」

「明明沒有人答對，妳幹嘛特別針對我？」

乾闥婆完全不理會我的抗議。

「萬智博士的技術就是在這點輸給主人，他做出來的怪人性格都很幼稚，腦袋和學齡前幼童沒什麼兩樣。但是你們看看我，我具備成熟的思考能力，已經完全明白了愛的真諦，跟姐姐大人天造地設，我一定可以成為讓姐姐大人引以為榮的妹妹。」

「原來是這樣。啊，不過我想那純粹是妳的幻覺，姐姐只需要我一個弟弟就好，妳還是趕快正視現實吧。」

「不行，弟弟。好了，你別插嘴，我要開始說正事了。我們幾個護衛的人格程式當然被主人設計得很好，但更多要歸功於緊那羅的特殊能力，他和我們三人有點不同，是最早被主人製造出來的。

「他把過去被繁星騎警打敗過的怪人的思想碎片植入我們腦中，這樣我們就能吸收更多的怪人經驗，得到大幅強化的思考能力和對抗繁星騎警的本領，我體內的巫術貓的記憶也是這樣子得來的。雖然這樣做確實會影響到我們本身的人格，但是我一點也不覺得後悔喔，姐姐大人真是世界上最完美的存在了。」

「醒醒吧，妳對姐姐的迷戀根本只是隨便說說的而已，我看只要有人能夠從危險之中拯救妳，妳就會跟著他跑吧？這叫做懸橋效應。」

「才不是咧！難看死了，你只是在嫉妒！」

我再也忍受不了乾闥婆黏在姐姐身上那副欠揍的表情，於是拿出雷射筆對著牆壁投出一道光源，乾闥婆果然忍不住撲了出去。

「喵喵喵喵喵～」

原來這招這麼有效？正當我考慮著要把光點照向窗外，看看她會不會真的跳出去的時候，黃之綾一把搶下了我手上的雷射筆。

「夠了，快讓人家說完。」

「嗚呼！差點著了你的道！」乾闥婆氣喘吁吁地直瞪著我，不過在姐姐好言相勸之下，只好繼續說明。

「其實姐姐大人說的沒錯，妳在一純銀行裡頭看見的，正是妳的複製體唷！」

「複製體？」我們驚呼出來。

「這個計畫是主人高瞻遠矚所想出來的，利用了跟姐姐大人與迦樓羅戰鬥後所得來的血液，加上緊那羅以姐姐大人原本個性為基礎所灌輸的各種人格程式，這個『新的繁星騎警』日後將成為黑暗星雲的代言人。

「方法就是讓繁星騎警掌控鎮上的人心，再慢慢、慢慢地灌輸他們黑暗星雲是友非敵的想法，人類要接受一件事物雖然很緩慢，但事實上也十分遲鈍，就在誰都不會去注意到的情況下，思想的改造就完成了。」

「這、這種計畫，真的有可能實現嗎？」

「當然有可能，只要有緊那羅在。對他而言，這不過是一碟小菜，況且複製體的性格還是經由仔細篩選，摻雜了世界上眾多領袖的特質為腳本，具有非常強大的渲染力……但我還是覺得原本的姐姐大人最棒了。」

乾闥婆輕描淡寫地說完，我們聽了之後卻都不寒而慄。

「喂……這是……」

「好可怕的計畫……」

「我先說好啊，我透漏這些情報，你們不可以用來對付主人，這是我的第二個條件。」

「哼！我們當然沒有忘記。」

我一面反脣相譏，可是心裡其實有股寒意揮之不去。

難怪天智魔女要這麼處心積慮地哄抬繁星騎警的聲勢，因為現在這名「繁星騎警」，早已不是我們熟識的那個人了！

萬一真的讓天智魔女得逞，那麼整個市鎮都會毫無自覺地受到黑暗星雲的掌控吧！光看這陣子不管是市政、媒體還是各種活動場合，繁星騎警所展現出來的超絕影響力，只要她登高一呼，相信大半個市鎮的民眾都會起而響應。

「等一下，我有個問題想問。」

我們的目光紛紛轉向開口的黃之綾，只見她抱起胸口，直直地望著姐姐，「雖然這樣說有點失禮，可是如果真如乾闥婆所說，天智魔女和緊那羅合作之後可以塑造出完美的複製體，那我們要如何保證眼前這個人是真的小實姐？」

「小綾，妳、妳說什麼？」

乾闥婆立刻氣呼呼地抗議起來，「以我對姐姐大人的熱愛，經過我剛才殘留在手上的觸感來判斷，我是絕對不可能認錯的！」

「沒錯，我也一樣！」我也同樣義憤填膺地握拳，「但是我必須說，乾闥婆的觸覺根本沒有用處，我可是百分之一百確定……憑著我的嗅覺，這一定是屬於真的姐姐的氣味。」

「你們兩個，不要在那裡一搭一唱了，你們的保證才是最沒有依據的。」黃之綾翻了翻白眼，轉過頭來繼續開口問道：「小實姐，我想請問妳在醒來之後，又做了哪些事情呢？難道妳沒有回去找鎮公所的人們，揭穿複製體的假面具嗎？」

姐姐的臉漲紅了起來，「小、小綾，妳也不必說得這麼難堪吧……好吧，我承認，當我醒過來以後，的確沒有回去。」

「為什麼呢？」小千發問了。

面對這個提問，姐姐躊躇地不願意回答。

「小實姐，請妳一定要認真回答。」黃之綾嚴肅地催促道。

而這次，就連小千也顯得充滿了重視，「沒有什麼事情是真的丟臉到說不出來的。小實姐不管變得怎樣都是我們的小實姐，對吧？我們可是沒有一絲一毫懷疑過妳的喔！所以說在這種時候，妳難道不也應該回應我們的期待嗎？」

「回應……你們的期待？」

姐姐露出茫然的神色，看了看我、看了看乾闥婆，再看了看黃之綾，最後看了看小千。

小千鼓勵地說，「勇敢說出來吧！」

「我……我說出來，你們不要笑我。」

「當然不會。」

姐姐艱難地點了點頭，然後，過了一會兒，終於像是下定決心般地開了口，「其實，我是不敢……也是不願意再回去。」

我們盡皆沉默，讓姐姐繼續說下去。

「我……我實在是覺得好累、好累，每天要應付媒體永遠回答不完的問題，擔心在公開場合上說錯話，參加各式各樣的典禮、會議，還要被人質疑，在網路上被罵，追著黑暗星雲跑……到了最後，我才發現事情和我想的根本不一樣，我好像……好像本來就不是當公眾人物的料。」

「姐姐……」我走到姐姐身邊，輕觸著聲音聽起來充滿了濃濃的水氣的姐姐。

姐姐用手臂遮住自己的眼睛。

「我、我真的累了，那天，我偷偷回到飯店，看見那個偽繁星騎警無論是講話、應對、做事情，都比我這個正牌還要強，我突然好想就這樣徹底消失，把繁星騎警讓給她去做！我是個失敗的小鎮英雄，不，我甚至根本配不上這個稱號！像我這樣的傢伙不管再怎麼努力，也一定沒辦法滿足鎮民們的期待，就只是一個半吊子！」

姐姐痛苦地將臉埋進手掌。

「對不起，我知道，我這麼做一定讓你們很失望……小鎮英雄怎麼可以這麼軟弱……但是、但是這樣子半吊子，我真的沒辦法繼續撐下去了……」

軟弱？失望？這些，就是姐姐的答案嗎？

我深吸一口氣。

「不是喔，小實姐怎麼可能是半吊子呢？」

「就是說啊，小實姐在我們眼裡可不是這樣子的人啊！」

「咦咦？」

姐姐訝異地抬起頭來，我噗嗤一笑。

「姐姐，我想這個，才是我們想要聽到的真正答案吧。」我輕輕搭著姐姐的肩膀。

姐姐惶惑地眨著眼，然而同一時間，房間裡的所有人卻都向她露出了笑容。

「我們所認識的小實姐可不是那種遙不可及的英雄呀！妳不都跟我們一樣，有血有肉、會痛苦、會有缺點，可是卻是活生生的嗎？」

黃之綾抱起了雙臂，「而且如果小實姐真的採取了什麼樣果決的行動，那才教我訝異呢！」

「這可不是在貶低小實姐唷，但是，我也有點認同，嘻嘻！」

「喵，我也是支持姐姐大人的。」

「我們都認可姐姐妳的努力、妳的勇敢，所以，姐姐，就算是妳的軟弱，我們也會一同接受。」

「小千、小綾……呃，還有小乾……」

其他人也湊上前來，相互擁抱在一塊……啊啊，場面頓時變得無比溫馨，好，既然這樣子的話，我也來。

「……喂！妳們幹嘛把我推開？」

「臭姚子賢，別想混水摸魚，給我滾遠一點！」

喂喂！為什麼要這樣差別待遇呀？她們三個女生凶惡地制止我向姐姐靠近，太可惡了，這是侵犯正當人權！

正當我要抗議時，小千忽然捏起了鼻子，「呃，這是什麼味道啊，小實姐？」

「哎唷、這……真是不好意思，自從身上的錢用光了以後，我連旅館也住不起，只好隨便找地方睡，而且這個星期都在外面追蹤那個繁星騎警，所以、所以……」

「別說了，妳趕快去洗個澡吧！還有看妳這個樣子，一定也很久沒有好好睡覺了對吧，洗過澡後就趕快休息一下吧！」

小千趕快把姐姐推了出去，不一會兒浴室裡便傳來水聲。

趁著姐姐稍事休息的這段時間，我們也可以稍微放鬆一下情緒。

過了一會，小千走了進來，「小實姐洗過澡後，先回房間睡了。」

我點點頭，「不管怎樣，姐姐總算是回家了，就讓她好好休息吧。」

「嗯，是啊，等她充分休息之後，我們再來商討下一步的計畫。」黃之綾說。

「呀啊！」忽然，乾闥婆指著沒關起來的電視驚呼。

咦？我們被乾闥婆的呼聲喚回注意，不約而同地看見了電視螢幕上的即時新聞報導，黃之綾咒罵一聲，迅速地抄起遙控器，解除靜音。

「……本臺記者快訊，就在剛剛，繁星騎警宣布接管了警察局，誓言終結蹣跚的統治，將以霹靂手段徹底殲滅黑暗星雲。」

畫面上，大批的警察全副武裝地列隊在警察局外，防彈盾牌升起了一座長城般的屏障。

「爸爸！」黃之綾高聲叫道。

黃之綾的父親正是一純鎮的鎮長，發生了這麼大的變故，鎮長當然不會袖手旁觀，但是儘管帶領著支持者，他看起來似乎也對現場的情形束手無策，因為手握武器的警察正將槍口對準了他。

「你們這樣是叛亂！」雖然他聲嘶力竭地大叫著，可是一點效果也沒有。

「現在就連警察也都聽她的話了嗎？」

連向來冷靜沉穩的黃之綾也顯露出了明顯的不安。

不只是警察，我數了一數，消防隊、醫院、後援會……還有其他形形色色的團體，站在他們那方的加起來就有好幾百人。

「有緊那羅的力量，要操控這麼多人並不是問題，緊那羅可以強行為對象植入效忠繁星騎警的人格……就算不使用他的能力，他本身也是用言語蠱惑人心的大師。」乾闥婆說，「千萬不可以掉以輕心，在操控人心這方面，緊那羅的本領比我更強。」

「繁星騎警出來了！」

畫面上，繁星騎警總算姍姍來遲，走上了臨時架設的演講臺，在不遠處，那總是像她的影子一樣的緊那羅忠實地跟在身後。

「……各位鎮民，我們已經忍受黑暗星雲夠久了，我向大家承諾，我將會徹底把這邪惡的侵略組織消滅掉！」

話一說完，臺下紛紛叫好，這番話的確是說出了很多鎮民的心聲。然而，我卻看見後方的緊那羅微微勾起嘴角。

「繁星騎警，我真是錯看妳了，沒想到妳居然會煽動群眾背叛我們！」鎮長在下方大喊。

「你說得太誇張了，鎮長先生，如果不是我，一純鎮能在黑暗星雲的威脅下抵擋到今天嗎？你的領導太軟弱無能了，讓黑暗星雲一直都沒有得到應有的懲罰，我要改變這一切。來人啊，把他抓起來！」

一聲令下，繁星騎警的支持者們衝了上去，一下子就把鎮長按倒在地。鎮長的支持者們也紛紛鼓譟，衝上前營救鎮長，場面一時之間變得混亂不堪，所有人都在相互咆哮、鬥毆。

「讓開！」繁星騎警高喊一聲，從高臺上躍了下來，只見她披風一旋，反對者們轉眼間便折斷手腳，倒成一片。

「喂喂！那是什麼啊？」在小千驚訝的喊聲中，我們看見繁星騎警輕而易舉地抬起了一臺悍馬車，而且半點都不猶豫地朝著人群擲了過去。

轟隆巨響聲中，受到爆炸波及的人們哀號不絕於耳，可是繁星騎警和她的支持者們不但毫不憐憫，甚至像是殺紅了眼般朝著傷患繼續攻擊。

「敢反抗我的傢伙，就是這個下場！」繁星騎警毫不容情地指揮，「把他們全都捉起來！」

有了繁星騎警之助，她的黨羽們很快就占了上風。

我看見緊那羅這次真的露出了冷笑，似乎十分滿意繁星騎警的行為，轉身悄悄離開現場。

這傢伙想去哪裡？

「她、她怎能這樣對待一般人？」

「這、這太慘了，簡直是人間煉獄！」黃之綾望著這幅畫面忍不住顫抖。

而且這下子，就連乾闥婆也不禁感到錯愕，「我有看錯嗎，那是對黑暗星雲的開戰宣言嗎？」

「緊那羅已經背叛天智魔女了，妳不是最清楚這點的人嗎？」

「就連主人也不會下達這麼殘忍的命令，萬一他們真的攻進了黑暗星雲，我不敢想像主人會受到怎樣的折磨。」

「緊那羅比天智魔女更偏激數百倍，他唯一的目的就是消滅人類。」我轉頭凝望著乾闥婆，「所以說，妳現在已經沒有退路了。」

「喵，你是什麼意思？」

「如果妳想保護天智魔女，現在就必須和我們合作。」我迅速說道，「妳也看到偽繁星騎警的厲害了吧？緊那羅肯定是鐵了心要對付妳的主人，現在只有我們能夠幫助妳。」

「你想要什麼？」

「我想要的很簡單，那就是克制複製體的方法。」我朝著她喊道：「乾闥婆，妳仔細想想看，天智魔女難道不會準備應對措施，就做出了超強力的繁星騎警複製體嗎？一定有的吧，如果她會這麼瞻前不顧後，那她就不是天智魔女了。她手上肯定早就握有能在緊急時刻使用的武器，然而儘管如此，她終究也是個普通的人類。」

「你是說……」

「能夠對付繁星騎警的辦法，只有天智魔女擁有，但是她擁有卻不能讓自己來用。能夠在實際戰鬥中追得上複製體的力量與速度的，就只剩下姐姐和妳而已，而這兩人現在都不在她身邊。」

不愧是天智魔女精挑細選的護衛，乾闥婆臉上的表情說明了她已經明白我話語中的含意。

「而且這件事我猜緊那羅也很明白……我們必須快點，這是我們和緊那羅的時間競賽，誰能先抵達黑暗星雲，誰就能獲取先機。」

PRODUCTION

姐姐是地球英雄，弟弟我是侵略者幹部

07 黑暗星雲的終局

「你確定我們真的要這樣子做嗎，厄影？」

面對冷夜元帥不安的疑問，我做出堅定的表情，以消除她內心的疑慮。

「這是當然。緊那羅隨時都有可能向黑暗星雲發動攻擊，你們看基地此時的戒備，恐怕連天智魔女自己也沒辦法離開，這裡對她而言已經變成了另一種形式的牢籠。」

我們望著清冷落寞的商店街，黑暗星雲的祕密基地就藏身在這不起眼的街道裡，是一處外表看似荒廢的舊時歌舞廳。

街上沒什麼行人，冷風瑟瑟。

大部分的民眾都已經聚往警察局前面展開抗爭了吧？由繁星騎警與鎮長兩方支持者所發起的對抗活動壁壘分明，雖然大家都想要解決黑暗星雲這個小鎮的禍害，然而還是有許多人對於繁星騎警激進的做法感到疑慮。

然而只有我們知道，真正的戰場並不在那裡，而是此處。緊那羅一定處心積慮想要奪走天智魔女的祕密武器，萬一真讓他得逞的話，這世上恐怕再沒有人制止得了「繁星騎警」——如果有的話，或許是姐姐吧，但那恐怕也將付出極大的代價。

「我試著和主人聯繫了好幾次，可是完全沒有得到回應，看來我們得自己進入了。」乾闥婆歪著頭看著我們說，「只不過，真沒想到你們兩人竟然就是厄影參謀和冷夜元帥，明明是黑暗星雲的幹部，居然還組織了什麼同盟陣線支持繁星騎警，這是在吃裡扒外吧？」

「我們當然有自己的理由。」我不慢不緊地說，「現在爭辯這些也沒有用，趕快行動吧！」

冷夜與乾闥婆都點了點頭，我們直接朝著黑暗星雲的祕密基地入口衝了進去。

我心裡面祈禱著，希望我們的身分還能安然護佑我們進入基地，因為緊那羅的叛變不知會對天智魔女的內心產生多大的衝擊，也許她會緊張到六親不認，擅自修改基地的防禦措施。

以我與她接觸的經驗看來，天智魔女外表看似堅強，但內心其實很孤單，應該早就因為身旁的人一一離去而遍體鱗傷了吧！要不是如此，她也不會走上不相信任何人，只信賴身旁的怪人的道路。

可是，這一次連她最倚重的怪人也都棄她而去，她所受到的傷害必然更加之深。

基地入口處那深沉的黑暗氣息，彷彿在呼應我的想法。我們曾無數次通過這扇入口大門，可是沒有一次的感覺像此刻這般沉鬱，陰森森的氣息不斷地從裡面傳來，令人倍感壓抑，彷彿在逼迫人轉身逃跑。

也許它正代表了天智魔女此刻的心情——苦痛、抗拒，以及憤世嫉俗。

可惡，但是這樣子做最後只會落入死胡同的。

我們啪答啪答地跑進了通道裡。

一路上，四周不斷響起的機器運轉聲，提醒著我們——我們所做的一切早就被遍布在走廊上的監視設備捕捉到了。我們的精神緊繃到了極點，擔憂會不會有什麼雷射光突然噴出來，把我們射穿一個大洞？

但是好在沒有任何意外，防衛機制安安靜靜地，對我們視若無睹，是因為乾闥婆跟在我們身邊的緣故嗎？

「啊，你們看看這個！」

在黑暗之中，夜視能力最好的乾闥婆忽然高聲叫了出來。

我和冷夜花了好一陣子才慢慢看清楚乾闥婆所指的是什麼東西。

「殘骸？」

「還是泥土？」

「等等，我知道了！」

這些在我指間像沙子一樣流瀉下來的物體，其真實的面貌是金屬的粉塵，這是何等怪力，竟然能夠將黑暗星雲的防禦設備化為塵埃。

「一定是緊那羅，他已經捷足先登了！」乾闥婆不甘心地跺了跺腳。

「且慢，不要輕舉妄動。」我急忙拉住急躁的乾闥婆。

我看了看四周圍的痕跡，「真是奇怪，緊那羅擁有把金屬捏成粉末的力量嗎？更何況這不是普通的金屬，而是黑暗星雲獨門技術打造出來的合金，他再怎麼神通廣大，我也不認為他能做到這種事。」

「難不成還會有別的解釋？」乾闥婆反駁道，「旁邊的泥土明顯是從外面帶進來的，這代表緊那羅、他的黨羽甚至是繁星騎警，已經在這基地裡面了。」

黃之綾皺起眉，「我們哪擋得住繁星騎警？」

「不，說不定她並不在這裡，繁星騎警的行動受到很密切的關注，所以沒辦法說來就來，運氣好的話，我們根本碰不上她。」我搖搖頭，「話說回來，妳們有沒有感覺，從剛剛起我們就好像正在被某個人注視？」

「那是你太敏感了，現在最要緊的是主人的安危。要是對手只有緊那羅的話，我一個人也可以對付，這次我一定要讓他明白背叛主人的下場！」乾闥婆信誓旦旦地說道。

「前方或許已經有敵人了。」不知道為何，我的心裡一直有一種受到窺視的不安，我叮嚀著兩位同伴，「提高警覺，等一下如果遇到任何不對勁的地方，要馬上出手。」

「當然。」

「我知道了。」

她們對我的話都表示同意。我們收起忐忑的心情，繼續前進，可是走沒幾步，乾闥婆突然像疾風一般衝了出去。

「緊那羅的走狗，往哪裡跑？」

「哇啊！」

乾闥婆擒住了一名躲在暗處的人影，殺氣騰騰地高舉了右手，那個人被乾闥婆高高提在半空中，手腳亂舞，拚命地大叫。

我慌忙擋住衝動的乾闥婆，「等等，等等，妳看清楚，他不是緊那羅的黨羽啊。」

「學長，救命啊！」

「咦，怎麼是你啊，幻象隊長？」

被乾闥婆無奈地放了下來，幻象隊長依然餘悸猶存，「嗚哇！嚇死我了，妳、妳、妳突然衝過來，該不會是真的想殺了我吧？」

「唔，這要解釋起來很複雜……倒是你，在這裡做什麼？」我走近一瞧，發現幻象隊長的模樣非常狼狽，「等等，你是被人綁在這裡的嗎？」

「嗚！學長，大事不好啦！」幻象隊長哭喪著臉叫著，「黑暗星雲被奇怪的傢伙闖進來啦，她們一見到我就把我打趴在地上，連防禦機制也都沒用，我們的麻煩大了！」

該死，這是怎麼一回事？緊那羅來得這麼快嗎？

就在這時，我們聽見基地內部的深處，傳來了一陣尖銳的高喊。

一聽見這個聲音，乾闥婆馬上就變了臉色。

「主人！」

「喂，等等！」

乾闥婆甩開我們，飛快地衝向了前方。

喀喀！砰！

正當我們氣喘吁吁地趕到天智魔女的實驗室前，激烈的爆炸聲同時進入耳際，火光也在忽然間從房間裡頭爆衝而出。

「呀啊！」我們三人立刻以手護住頭部，以防受到傷害。

龐大的衝擊力將我猛烈地甩到了牆上，五臟六腑彷彿都要移位了。「咳呃！冷夜、幻象，你們都沒事吧？」

「沒事……嗚呃……」

「厄影，我、我的腳好像被什麼東西壓住了。」

「幻象，你去幫她！」

我簡短地下達了命令，然後鑽進濃煙裡頭。

密布的濃煙與火花，使得我什麼都看不清楚。就在這時，乾闥婆的身影像暴風中的一縷殘葉般飛了出來。

「乾闥婆？」

乾闥婆的身體遍布著慘不忍睹的焦痕，衣裝化作了一條條的抹布，她有氣無力地趴在地板上，只能勉強伸出一根手指。

在充斥著儀器、藥劑，辨公室兼實驗室的天智魔女房間，有許多受到外力刺激便容易起火爆炸的易燃物體，此時我看見地面一片狼藉凌亂，破碎的器材、血肉的殘骸……延燒的大火將我與裡面之人隔開。

此時屋頂上的自動灑水器終於啟動，我一下子被淋成了落湯雞。

幸好水流也熄滅了火焰，煙霧盡去，我定睛一看，眼裡忍不住要冒出閃電。

「緊那羅？」

緊那羅繃緊著身體，斜瞄了我一眼，將視線轉向房間最深處的那一人。

房間裡剩下的那個人自然是天智魔女，她慌亂地貼在角落，戒備著位於房間正中央的緊那羅，臉上滿是驚恐。

爆炸與酸性物質使得她身上的裝束也都破破爛爛，大面積的裸露肌膚上處處都是傷痕，她就這樣抓著自己的手臂，連站都有些站不穩。

「緊那羅，為什麼要背叛我？」

「還用問為什麼嗎？天智魔女，我早就受夠了妳的苛刻薄情。妳總是在埋怨這世界上的每一個人都對不起妳，但是妳又何嘗不是以同樣的方式對待身邊的人？」

緊那羅攤開雙手，「妳把我們怪人視為棋子，利用完以後就隨意拋棄，我不願意讓那樣重複的劇情變成我的命運，所以我要反抗！我們是比人類更加優秀的怪人，應當主宰自己……不，甚至是人類的命運！」

「這、這不合理，你是我製造出來的，你的體內應該有忠誠於我的設定才對。」

「妳依然這麼傲慢，天智魔女。可惜的是，妳所看見的緊那羅，已經不再是妳所熟悉的緊那羅了。」緊那羅抬起下巴，「我為了妳的研究犧牲奉獻，將無數人的記憶植入我的腦裡，結果我自己反而變得支離破碎。諷刺的是，這些混亂的人格卻讓我產生了獨立的思考能力。

「我問自己，為什麼我必須對製造我的主人無條件服從？我的生命，難道不是我自己的嗎？迦樓羅、摩呼羅迦，都因為妳的一個命令而戰死，可是我不會讓這樣的故事在我身上重演，我要活下來，而且我不只要活下來，我還要向害我變得這麼慘的人類報復！

「交出控制器來，天智魔女，我知道妳私下製造了一顆能夠引爆繁星騎警體內炸彈的儀器，那是我們的心頭大患。交出來，如果妳不想受到更多折磨的話。」

「不要交給他！」我大喊，「一旦妳這麼做了，就再也沒有人能夠制止得了他們了。」

「討厭的小鬼。」緊那羅惡狠狠地瞪著我，「上一次因為你姐姐插手讓你跑掉，這一次你還想自投羅網？在我所塑造出來的繁星騎警身邊，不須要像你這樣的傢伙存在！」

怪人踩起了嘩啦啦的水花，朝著我直衝而來，「給我消失吧！」

在電光石火的一剎那，我勉強舉起雙臂，架在胸前擋住了雷霆般的一拳，我的雙手同時失去了知覺。接下來，胸口彷彿被鞭子抽到、大腿彷彿被撥火鉗狠狠地敲打，最後是肚子像是被馬踢了一腳——我的身體拔地而起，急速向後飛出。

「嗚啊！」

我在半空中慘叫著，狼狽地跌進水中。

「孱弱的人類，別妄想與偉大的怪人對抗！」

「就算是這樣，你也別想輕易讓我屈服。」

我忍耐著痛楚、渾身濕透地從水中站起，但是，光只是站直身體就耗去了我所有的力氣，而且只換來緊那羅輕蔑的表情。

乾闥婆虛弱的聲音傳進我的耳裡，「弟弟……快點看、看著我的眼睛。」

「咦？」

我轉過頭，迎上了乾闥婆的雙眼，頓時——

呃啊啊啊啊啊！

緊那羅大步向前，像是要置我於死地般地向我伸出手。

「滾開！」

「咦，怎麼可能？」

緊那羅還來不及搞清楚是怎麼一回事，我已經揮出拳頭，猛烈地擊中了他的臉頰。

噗啦！緊那羅立刻全身旋轉著飛了出去。

「哇哈、哇哈哈哈！全身充滿了力量！」我高聲狂笑，「哈哈哈哈，我天下無敵，哈哈……哈哈，乾闥婆，我不是說過，不准再用催眠術控制我的思想嗎？哈哈哈哈！」

我一邊狂笑，一邊卻又想要流眼淚，該死，其實我心裡面根本著急得要死，但是這股躁動根本壓不下來，在我體內奔騰的力量急著要找尋出口。

「拜託你了，弟弟，只剩下你……可以……阻止緊那羅。」乾闥婆氣若游絲地說。

好吧！既然妳都這麼拜託我了，那就交在我身上吧。

「乾闥婆，妳也是怪人，為什麼要跟我作對！」緊那羅迅速從地上爬起，「還有你，姚子賢，你以為單靠普通人體內的腎上腺素就能打敗怪人嗎？我們的層級差太多了。」

緊那羅朝我攻來，然而我連他要如何出招收勢都能看得一清二楚，天啊，這世界在我眼前居然輕緩得有如慢放一樣，我輕易地接過了他的手臂，卸力，在他驚愕的神情中，再次把他打飛。

「這怎麼可能？」

「你已經問第二次了。」

接連命中對手讓我生出無窮的信心，緊那羅大概還是搞不清楚事態吧！

據說人在危急時會解開腦內的限制器，刺激腎上腺素的分泌而使得體能大幅提昇，不過乾闥婆以催眠的力量所喚醒的東西可比腎上腺素危險得多了……那就是 γ-12 星人之血！

宇宙特警民族的戰鬥血液此刻正以前所未有的活躍勢態在我體內奔竄，這、這種感覺，難道就是姐姐平常所經歷的感覺嗎？

身上受傷的地方好像一下子全都不痛了，我彷彿可以擊碎一堵牆壁、承受子彈、一秒跑一千公里……總之就是精力充沛，有無限的力量怎麼花也花不完。

我跳向緊那羅，再一次把他打趴在地。

眼前的對手拚命地掙扎，可是他就連摸到我衣角的能力也沒有，我不停地在緊那羅身邊跳躍、出手，將他打得潰不成軍。

「哇啊！」緊那羅毫無章法地朝著我猛撲過來。

「哈哈，你在打哪裡？」情緒亢奮的我，比平常更加口無遮攔……

或者說，也更失去了冷靜。

「厄影，小心啊！」

要不是靠天智魔女的提醒，我恐怕還不知道緊那羅到底想幹什麼。打從一開始他的目標就不是針對我，我卻大意地讓他離開了我的掌控範圍。

撲了空的緊那羅雖然跌進水裡，卻很快找到了自己所要的方向，迅速地爬到了實驗桌旁。

「哈哈哈哈，都去死吧！」

「小心！」

「咦，啊啊！」

那些脆弱的瓶瓶罐罐，能夠擋得住緊那羅粗暴的對待嗎？他砸爛了實驗桌，傾倒入水中的粉末開始蒸騰起來。

「媽呀，這是岩漿嗎？」

咕嘟咕嘟冒著泡的模樣看起來實在太不吉利了，紅色的液體蔓延在水中，迅速流向天智魔女，嚇得她花容失色地尖叫起來。

該死，我左右張望著，緊那羅已經往外面奔去，可另一方面，如果我不好好處理的話，又不知道會怎麼樣。

「小心！」

我咬一咬牙，衝向天智魔女，趕在那道液體侵蝕到她之前將她抱了起來，在我們背後，天智魔女原先待著的地方被腐蝕出了一個大洞。

咦，可是，乾闥婆呢？我的脊背猛然一寒。

「嗚哇，救命啊！」

「別怕，我來救妳了！」

這時候衝進來的居然是幻象隊長，只見幻象隊長一鼓作氣抱起乾闥婆，我們慌張地逃到高處，等待底下的水流漸漸不見。

「你、你救了我？」乾闥婆望著幻象隊長，兩眼發直。

「嘿嘿、嘿嘿，這沒什麼啦！」

「天啊，你太勇敢了，噢！你真是我的英雄……」

這時候乾闥婆臉上的表情……乾闥婆，妳夠了喔！我忽然意識到，這不就是「如果有人在危急之中拯救了她」會發生的事嗎？真是的，這到底是在鬧哪椿呀？

「呃，好。」我連忙放下了天智魔女……呃，仔細一瞧，天智魔女身上的衣服變得破破爛爛，我的眼睛都不知道該看哪裡。

「放、放我下來吧……」

我脫下披風，覆蓋在她的身上。

「你真是紳士。」天智魔女嘆了口氣，「厄影，沒想到最後居然是你來救我。」

我看著天智魔女，沒有作聲。

「儘管我這麼努力，卻還是沒有辦法帶領黑暗星雲完成征服小鎮的計畫，我目空一切，把你們逼走卻還洋洋得意，最後證明我才是最愚蠢的那個人。」

天智魔女的聲音充滿了沮喪，她灰心地說：「就連我身旁最親近的護衛也背叛了我……原來不只人類，就連怪人也……我啊我啊，到底在追求些什麼呢，到頭來終究一無所有。」

「天智魔女，妳並非一無所有，難道妳沒察覺，現在我們不就在妳的身邊嗎？」

「咦？」

天智魔女訝異地抬起頭來，我在她的詫異目光中繼續說道：「天智魔女，原本我以為妳很可惡，但現在我知道我錯了，其實妳是一個可憐人。我並不打算同情妳，因為同情對妳來說是種侮辱。

「妳是一個冰雪聰明的人，勤奮果敢、勇於挑戰又意志堅強，擁有許多令人值得尊敬的特質。或許妳有一些小缺點，但是誰又沒有缺點呢？

「大魔王陛下曾經在我們關係最為緊張的時候要我認識真正的妳，我認為他的意思並不是要我以看待敵人的方式剖析對手，而是從同理心的角度，和妳站在同一邊。我現在開始瞭解他的意思了。

「只要妳願意，我們還是可以當朋友，就算妳不認為過去的我們是，也可以從現在開始做起。」

「厄影……」天智魔女愣愣地張開了嘴巴，過了一會，她的神情軟化下來，「這場競爭，是我輸了。」

「我可不記得和妳有過比賽。」我皺著眉說。

「是嗎，但至少，你剛剛從我這裡贏走了一些東西。」天智魔女指了指自己的胸口，「你說……我們可以做朋友嗎？」

「是的。」

「永遠不會背棄我，永遠不會……離開我的朋友？」

「我不敢這樣保證，但是我會努力不讓妳失望。」我誠摯地說。

天智魔女點點頭，「那麼，請讓我認識你……真正的你，厄影。」

「也許妳會嚇一跳也說不定。」我慢慢地說道，然後摘下臉上的面具。

果然，天智魔女露出了訝異的神情，「沒、沒想到居然是你！」

我輕輕笑了一下。

天智魔女嘆了口氣，也伸手把面具摘了下來。

她的樣貌很年輕，年輕到讓我詫異的程度。

天智魔女紅著臉說道：「我從小到大都在不斷地跳級，所以即使拿到博士學位也還是……呃，也許這就是我欠缺人生歷練的原因吧！」

「有機會我再聽妳的故事。」我微微一笑。

「是嗎……好的。喔，還有，這個，拿去。」天智魔女把一樣物品塞到我的手裡。

我低頭一看，那是一個有點像是鑰匙圈的小東西。

「這是複製體體內炸彈的引爆器。你要記得，這個東西只有一份，而且要在離複製體很近的距離才能夠使用，最好小心保管。」

我感激地望著她。

「這只是朋友之間應該互相幫忙的，你不用那樣子看我，厄影……呃不，是姚子賢，你說好會來聽我的故事了喔！」

我點點頭，「我會做到。」

「嗯，你趕快去阻止緊那羅吧！」

我戴回面具，從桌子上跳下，回頭看見幻象隊長還在和乾闥婆卿卿我我，忍不住有些想翻白眼。

「冷夜元帥呢？」

「學姐受了傷在外面休息，我擔心學長就一個人跑進來了。」

我走出實驗室，手裡拿著引爆器，正打算找到黃之綾向她報告這個好消息，但是我左看右看，都沒有她的蹤影。

「喂！幻象隊長，你的冷夜學姐到底跑到哪去啦？」

「在外面不是嗎？」

幻象隊長扶著孱弱無力的天智魔女走出來，可是卻跟乾闥婆挨在一塊，喜形於色的模樣讓我更想打他。

「咦，怎麼不見人影？」

「我還想問你呢。」

「嗚！弟弟，你快看！」在我們之中，夜視能力最好的乾闥婆忽然指著黑暗的角落。

那裡有一件白白的東西……那是什麼？

我奔向乾闥婆手指之處，不由得發出一聲慘叫。

那是一副破碎的面具。

「冷夜！」

幻象隊長明白自己鑄下了大錯，慌慌張張地說：「不、那個、哎呀！學姐？」

「該死，你這個粗心大意的傢伙！」我生氣地抓住了幻象隊長的領口，嚇得他頻頻道歉。

「嗚哇！弟弟你不要這個樣子，你要冷靜，別忘了你在我的催眠暗示下變得比較容易生氣，而且力量也更強……哇啊！我的阿那達快要不能呼吸啦！」

就連天智魔女也急忙打圓場，「你不要緊張，厄影，這裡只有一副碎掉的面具，緊那羅或許只是把冷夜元帥擄走了而已。地上有一條血跡，八成是緊那羅的，你快沿著線索追蹤下去。」

幸好天智魔女還沒有失去冷靜，我點了點頭，嚴厲地瞪著幻象隊長。

「把她們看好，這次不准再有意外了。」

「是的，我一定寸步不離。」幻象隊長馬上立正行了一個軍禮。

我撇下他們，追著血跡朝著黑暗星雲的深處探索。

黃之綾，妳一定要平安無事。

我努力調勻胸中翻溢的血氣，然後在心裡不停地祈求。

一路奔過了長得彷彿無窮無盡的走廊，兩側的牆壁盡是飄浮的幽微螢光，提供了我微薄的照明。黑暗星雲內部錯綜複雜、層層交錯，稍有不慎的下場就是迷路。我逐漸深入到了極為深層的區域，直到走廊盡頭出現在我面前，化為一處空曠的廳堂，我這才發現自己來到了萬魔殿——大魔王陛下的寢宮。

從正前方傳來了嘶吼，我聽見焦急、驚恐的叫聲，和一陣乒乒乓乓亂砸東西的巨響。

「快點給我！」緊那羅惡狠狠地大叫，「綠皮老頭，你還有多少神祕的科技，全部都交出來！」

「你以為你對我如此無禮，還能夠安然地走出去嗎？」大魔王陛下的聲音罕見地隱含怒意。空氣中是一幅奇異的景象，四竄著綠色電光、紅色浮火，蓄勢待發，宛如彰顯著此地主人的威嚴與憤怒。

可是緊那羅有恃無恐，粗魯地將夾持在手中的人質當成盾牌擋在前面。

「放、放開我！」冷夜元帥拚命掙扎，可是緊那羅的手像鐵箍一樣緊箍著她。

「冷夜元帥？」大魔王陛下似乎猶豫了，畢竟只要他放出閃電，就一定會傷害到冷夜元帥，

「放開她！」

「你要是不從，我立刻就殺了這個女孩！」

大魔王陛下重重頓足，熄滅了手杖的火焰，停止周圍的電光。

緊那羅冷笑一聲，慢慢靠向前去。

「給我去死吧！」他毫不留情地將大魔王陛下踢倒。

「呃啊！」

「大魔王陛下！」我怒火填膺，忍不住從藏身的位置一躍而出，「可惡，吃我這招！」

給我化為天邊的流星吧，緊那羅！我以全身力量朝他揮拳，滿心以為這次必能擊碎他的手臂，沒想到被輕易挑飛的卻是我。

「哇啊！」我、我的手臂！

怎麼會這樣？四肢百骸傳來了好像全都散碎的痛楚，同一時間，腦袋裡面的火焰像是被大雨撲滅般消散得一乾二淨。我躺在地上，動彈不得。

乾闥婆的催眠暗示竟然在這種時候失效了。

「哼！剛才的威風到哪裡去了？」

「嗚……」

「姚子賢，你運氣不錯，現在我沒空處理你。」緊那羅舔舔嘴唇，貪婪地望著萬魔殿裡面各式各樣複雜的儀器，「可怕、可怕，真是可怕的科技力量，這些遠遠超過人類知識極限的文明究竟是從哪裡來的？我一定全都要得到。」

「哼！你休想讓我透露隻字片語。」

「我不需要你透露，我自然有辦法逼迫你的腦袋交出來。」他對著大魔王陛下的頭伸出了手。

難道他打算吸取大魔王陛下的記憶？身受重傷的魔王陛下圓睜著雙眼，卻無法阻止緊那羅的行動。

「你的知識現在是我的了！」緊那羅放聲大笑。

「你的性命現在也是我們的了。」

「咦？」

緊那羅詫異地望著眼前的情景，他斷裂的手臂在半空中旋轉——剛才那一瞬間發生了什麼？

所有人都沒有察覺。

但是結果已然產生。

「妳們是……？」我深吸了一口氣，驚訝地望著忽然出現在緊那羅背後的女子二人組。

她們是什麼時候來到緊那羅背後的，為什麼在場沒有一個人看見？

「妳們是誰？」緊那羅以最快的速度轉身。

但是對方的速度更快，緊那羅撕心裂肺地大叫一聲，眼睜睜看著另一隻手臂飛了出去。

冷夜元帥猛烈地咳嗽，跌落到地上，但是她迅速手腳並用，從怪人身邊逃開。

「混帳！」緊那羅低下頭——為什麼他的速度看起來這麼慢呢？尋常人點頭的那樣飛快的速度，此時在我們眼裡彷彿是慢放一樣……這是因為相對於緊那羅，對方的速度實在是快到無法捕捉。

下一個離開緊那羅身體的是他的左腳。

「哇啊——」

接下來的景象實在是殘忍過了頭，還不到一秒之間，緊那羅的右腳又被砍斷。

「你膽敢攻擊我們的王子？」女子分明是憤怒得過了頭，臉上罩著寒霜般的表情，「哪怕是用你的髒手觸碰到那位大人，也應該受到挫骨揚灰之刑，低劣的人造者！」

緊那羅再也無法開口了，轉瞬之間，他從頭到腳都被銳利的刀鋒切成肉塊，在半空中完全解體，甚至沒有人能看見到底他是被如何處決掉的。

她們兩人一人虐殺了緊那羅，另一人則是扶起大魔王陛下，神色非常恭敬。

「殿下，我們來接您回去了。」

「唔……沒想到妳們這麼快就找上這裡來。」大魔王陛下看起來一點也不訝異，反而疲倦地嘆了口氣，「看來該來的果然還是逃不掉。」

「大魔王陛下！」我呼喚道，「您無恙吧？」

「喔，是厄影。」

我匆忙地上前，但是走沒幾步，銳利的刀劍就抵在我的喉嚨上，我全身一緊，動彈不得地望著眼前面容嚴肅的女子。

「不准再前進了，人類。」對方冷冷地說，「退下去，這位尊貴的大人不是你們這種低賤的物種可以接近的。」

「等一等，妳、妳忘記了嗎？我們曾經見過面的。」

「我們之間的恩情已經一筆勾銷，你再前進，只有死路一條。」

「晨、暮！」這時，大魔王陛下嚴厲地斥道，「退下！怎可把武器對著我的朋友？」

「殿下？」女子雖然不願，但仍忠實地執行了大魔王陛下的命令，只不過，她們殺氣騰騰的目光一刻也沒有離開我的身上。

「這是怎麼回事？」我撿起地上的拐杖，奉還給大魔王陛下。

大魔王陛下露出苦笑，「厄影、冷夜，看來有些事情真的是瞞也瞞不住啦！」

我點了點頭，「您……並不是地球人對吧？」

「什麼？」冷夜元帥聞言摀起了嘴巴，驚訝地看著我。

「你一向猜得很準，厄影。」大魔王陛下微笑，笑容裡有些寂寞，「你說的沒錯。」

那兩名女子的其中一位在此時發了話，「我們是從極為遙遠的星系前來，殿下乃是我星王位的第一順位繼承人，擁有至高無上的地位。」

我回過頭，發現她是兩人組中較為友善的晨，比起她的同伴暮，她似乎負責與外人溝通。

「我們星系的王族規定，無論與王的關係如何，王死後次一任的繼承者均為王室中年齡最大那一位擔當，如今我王已逝，王子殿下必須回到母星繼承王位。」

我們震驚地看著大魔王陛下。

「我早就料到有這一天了。」出乎意料地，大魔王陛下的模樣顯得格外地平靜，「自從哥哥的身體每況愈下以來，我就知道這一天總會到來。

「一旦成為王，便必須在王位上鞠躬盡瘁直到死去，但是在此之前，我無論如何也想要順從自己的意思好好地做一些事情……就當作是年少輕狂的紀念吧，哈哈哈哈～」

大魔王陛下的笑聲讓人聽起來有點酸酸的。

冷夜元帥躊躇地說道：「這就是您創立黑暗星雲的理由嗎？」

「沒錯，哎唷！」大魔王陛下抓了抓下巴，「這個……說起來真尷尬，但是這種事有段時間在銀河貴族裡還挺流行的，大家都說沒侵略過一、兩個星球算不上好漢……後來這件行為當然被銀河特警制止了。

「但是多虧了你們，這段期間我很盡興。這真是精彩的回憶，我永遠都不會忘記。」

大魔王陛下抬高了脖子，凝視著虛空的眼裡裝著無限的感慨，接著慢慢地轉身，「好了，不要這麼依依不捨的，離別的時候總是會到來……我想我們應該出發了。」

「大魔王陛下！」我仍試圖呼喊。

我只是向前踏了一步，晨與暮便緊張地擋在前方，「人類，你想阻擋嗎？」

「妳們難道看不出大魔王陛下根本不願意嗎？」

「這是規矩。」晨強硬地說道，「成為君王乃是王族對其子民應盡的義務，在此之前，無論任何阻礙，我們都會予以剷除。」

「我們是皇族禁衛，除了號稱銀河特警的 γ-12 星人種族，任何敵人我們都不放在眼裡。人類，我們曾經有一面之緣，我們把你當作朋友，希望你不要做出令我們為難的事。」

「那麼妳們也不應該做出讓大魔王陛下為難的事。」

「你真是冥頑不靈。」晨皺起了眉頭。

「好了吧，妳們不要再咄咄逼人了，他們還只是小孩子。」大魔王陛下再度朗聲開口，這次，他向著我和冷夜元帥走來，「你們別惹她們生氣。我不是在開玩笑，她們可是菁英中的菁英，只要兩個人就足夠毀滅地球。

「厄影、冷夜，我知道你們都很捨不得……唉，其實我又何嘗不是呢！跟你們在一起的日子很快樂，但是天下沒有不散的筵席，繼承王位是我必須履行的責任，我從很早以前就已經做好心理準備了。」

「陛下……」

「謝謝你們，帶給了我人生中屬於自己的歲月裡最愉快的一段時光。黑暗星雲從現在起正式解散，我把這裡所有的一切都留給你們，後續的處理……也就拜託了。」

既然大魔王陛下都如此說了，我們也找不到繼續攔下他的理由，只能用連自己都聽不清楚的哽咽音色應聲，「是、是的，我們……我們一定不會辜負了您的囑咐。」

冷夜元帥甚至開始啜泣。

大魔王陛下欣慰地點了點頭，「我們回去吧！」

「是。」

晨與暮躬身行禮，三人一起踏上了萬魔殿的高處。大魔王陛下一向從那巨大的中空裝置內現身，平時看起來像一扇無用的拱門，然而此時拱門中間開始交織出如深邃星河般的影像。三人跨入星河之中，慢慢地消失了身影……過沒多久，萬魔殿只剩下我與冷夜，以及一片的寂靜。

「他……他就這樣地離開了。」

我點了點頭，面對冷夜元帥唏噓的感嘆卻說不出話來。再見了，我們永遠的長輩、永遠的老師、永遠的司令官，永遠的大魔王陛下。

PRODUCTION

姐姐是地球英雄，弟弟我是侵略者幹部

08 繁星騎警對繁星騎警

雖然黑暗星雲的結束令我們十分難過，但是我們沒有多餘的時間感傷，稍微整理了情緒，我和冷夜元帥急匆匆地從離開黑暗星雲的基地。

我們身上還肩負著重要的責任。

「快一點。我們每多拖一秒，鎮上的混亂局面便會晚一秒結束。」

黃之綾對於早點結束小鎮的亂象十分在意，也許是因為此事攸關她父親的安危，為人子女的心情格外迫切。

我們抵達商店街入口處的轉角，等待與姐姐、小千會合。

黃之綾檢視著我捧在手上的引爆器，不由得發出了感嘆，「沒想到像這樣不起眼的小東西居然是讓小鎮恢復和平的關鍵。」

「天智魔女雖然誤入歧途，但不可否認，她的發明依舊很了不起。」

「希望她能夠把她的聰明才智用在正確的事上面。」

我同意了黃之綾的說法，但是天智魔女才剛遇到人生重大的轉折不久，來日方長，相信她以後必定會有所改變。

「姚子賢！」不遠處，一條人影朝著我們小跑過來，一面跑還一面揮手。

「姐姐？」

「太好了，你們成功了嗎？」不一會兒便跑到我們身前的姐姐，表情非常期待，「你們找到可以打敗複製體的方法了嗎？」

我興奮地點了點頭，「是啊，多虧了天智魔女在最後一刻決定幫助我們，這就是複製體體內炸彈的引爆器。」

「哇啊，讓我看看～」姐姐興奮地從我手上接過引爆器，高興得左看看、右看看。

「讓我瞧瞧……嘿！」

「嗚哇！妳在做什麼？」

姐姐出乎意料的舉動讓我們都嚇了一大跳，我們千辛萬苦從天智魔女那兒取來的引爆器在瞬間化為了齏粉。

這時，眼前的女子輕盈地後跳了一步，拉開與我們之間的距離。

「這個東西讓我覺得很不安呢！誰想要有顆炸彈埋在自己的身體裡面呢？嗯，我的乖弟弟，謝謝你啦，從今以後我總算可以高枕無憂了。」

「姐姐」露出了愉悅的笑容，注視著我們的眼神讓我覺得很陌生。

我不禁惶恐地顫聲喊道：「妳、妳……難道妳不是姐姐？啊啊！莫非妳是——」

「複製體！」黃之綾比我更快地喊了出來。

複製體笑吟吟地揚起了嘴角，「這樣說我實在是太傷人了，好歹我也是另外一個……不，是貨真價實的繁星騎警啊！」

嗚哇，發生什麼事了？我們面前突然揚起激烈的旋風，逼得我和黃之綾睜不開眼。我們互相扶著彼此，好不容易才沒有被吹倒，可是就在我們睜開眼睛的同時，卻看見了眼前這幅驚人的景象。

「繁星騎警——登場！」

伴隨著人們所熟悉的輕揚語調、英姿颯爽的身影、穠纖合度的身材，以及充滿魔幻魅力的假面具，站在我們面前的簡直是同一個模子所刻出來……不，根本就是同一個繁星騎警。

這是……即使是無數次看著姐姐出擊身影的我，也根本無從分辨其中的差異，眼前這名繁星騎警毫無疑問地就是繁星騎警——但是，還是有哪裡感覺不一樣！

還來不及消除我們的驚慌錯愕，繁星騎警便已經迅疾如風地欺近了我們，黃之綾連聲音還沒能發得出來，就先被她放倒了。

「妳在幹什麼？」

我伸出去的手臂只能撈捕到繁星騎警來回移動時所留下的殘影，眨眼間，她已經回到了原本的位置，並且輕描淡寫地放下黃之綾。

「我沒有打算要傷害她，只是請她先睡一覺而已，所以不要那麼樣地戒備著我，弟弟唷！」

「誰、誰是妳弟弟？」

「當然是你啊！」眼前的繁星騎警兩手一攤，「我是運用了與你姐姐完全一樣的基因序列所製造出來的，當然也是你的姐姐，你說是不是呢？」

「嗚！」

「別這樣啦！我只是想和你來一場親密的姐弟對談而已，姚子賢，你不要太緊張了，放輕鬆點，嗯？」

繁星騎警豎起手指，在自己耳邊輕輕地繞啊繞的，「雖然緊那羅那傢伙一直慫恿我，但是我認為血濃於水，到最後還是自己的親弟弟最值得信賴，所以啦，我覺得有必要先來找你。

「我話先說在前頭，你可不要覺得我騙人，姐姐我是絕對支持弟弟的，就算緊那羅想要對你做什麼，我都不打算允許。」

「妳、妳究竟有什麼圖謀？」

「姐姐還會對自己的弟弟圖謀什麼？你真是問了個奇怪的問題。」繁星騎警淺淺一笑，「過來我身邊吧，姚子賢，我不能沒有你。」

「咦？」

「我都知道，我都記得。」繁星騎警指著自己的頭說，「保存在我這顆腦袋裡面的記憶清楚得不能再清楚，你對我來說是非常、非常重要的，姚子賢，你不知道嗎？」

不顧我驚惶失措的面容，繁星騎警湊上前來，柔聲地說：「而且，你的腦袋瓜裡整天朝思暮想的一定也是姐姐對吧？」

繁星騎警慢慢靠近我，我卻不知怎地完全失去了逃走的想法，眼睜睜地看著她離我越來越近，最後簡直要貼到了我的身上。

「我的頭腦裡頭裝著與姚子實一模一樣的記憶，不只如此，還有許多優秀人物的人格程式，我不但是比她更優秀的繁星騎警，相信同時也會是更優秀的姐姐。

「姚子賢，你在姚子實的記憶裡頭占據了最為重要的部分，沒有你，我就不能夠圓滿，就不能稱得上是真正的繁星騎警了唷！」

繁星騎警踮起了腳尖，與我越貼越近……

我宛如被雷殛般錯愕，回過神來，驚慌地後退了好幾步。

「妳這是……」

繁星騎警狡猾地抹了抹嘴唇，「怎麼樣，舒服嗎？姚子賢，難道你不喜歡姐姐這樣做嗎？快點過來吧，說你願意讓我當你的姐姐。」

繁星騎警慢慢地開口，充滿魔幻的魅力，「你唯一的姐姐，只屬於你一個人的姐姐，想怎麼樣都可以唷！」

嗚！那股濕潤、柔軟的感覺還滯留在腦袋裡揮之不去，然而繁星騎警並未給我喘息的空間，帶著一股強烈的壓迫感，再次向我逼近。

「等、等一下，妳……」

繁星騎警露出冷笑，伸手環住了我的後頸。

「夠了，不准再靠近他！」

就在這時，雷霆霹靂般的一聲怒吼。

繁星騎警變了臉色，很快地轉過身來，與後來者飛快地交手。

「姚子賢！」

「咦，小千！」我驚喜地看見小千向著我全速跑過來，連忙大喊：「妳快點去照顧黃之綾，她被打暈了。」

小千驚訝地圓睜雙眼，立刻改變了方向。

這時我總算能安心地關切身旁的狀況。

「姐姐？」

「你在叫誰？」兩人同時高喊。

「呃、呃……」

唰、唰、唰、唰！無比迅速的身影令我看得眼花撩亂，等風暴平息，我看見兩個長得一模一樣的繁星騎警，站在我的面前。

「哇！這是怎麼一回事？」

其中一個是真的姐姐，另外一個是複製體。

「姐姐，妳怎麼穿著繁星騎警的服裝來啊？」我忍不住哀號。

「姚子賢，你不要和她說話，我是你的真姐姐。」

「我才是！」

兩人互瞪了一眼，這時，右邊那個……應該是複製體吧，開口說了：「姚子實，妳就乖乖當妳的姚子實就好了，為什麼還要出來蹚渾水？」

「咦？」

複製體凌厲地說道：「我就是妳，我完全瞭解妳的平庸、無能，還有妳根本不適合現在這個身分。」

姐姐愀然變色，然而複製體不打算放過她，繼續開口：「妳根本沒有足夠強大的心理素質擔任繁星騎警，弱小、怯懦、懶惰又自私，充滿一大堆缺點，說什麼當小鎮英雄，真是別笑掉我的大牙了。」

「妳……」

「無法反駁嗎？那就給我乖乖——倒下！」

複製體朝著姐姐發起了強大的進攻，兩人的速度一樣快、力量一樣強……但是，被壓制住的，卻是……

「嗚啊！」

轟然一聲，兩人的戰鬥分出了結果，其中一人被打進了建築之中，而另一人則毫髮無傷地停留在原地。

「怎、怎麼會……」倒在斷瓦殘垣之間的姐姐虛弱地哀嘆了一聲。

「妳還不明白嗎？我們擁有相同的身體能力，是心理素質導致了差異。」複製體高傲地拍著胸脯，「在我被製造出來時，就已經剃除了妳那些差勁的人格特質。看看妳自己吧，優柔寡斷、好吃懶做、腦袋又笨，還萬分依賴弟弟，沒有了姚子賢就無法生存下去。反觀我，我可是十項全能，像我這樣能夠用心照顧弟弟的女人，才有資格成為姚子賢的姐姐！

「姚子實，這世界上只需要一位繁星騎警，就是我，妳才是不被需要的。我來這裡就是為了徹底取代妳的身分，把妳所有的一切交給我吧，然後乖乖地躲到陰暗的角落，一輩子都別再出來了。」

姐姐的臉唰地一下變得蒼白。

「姐姐！」我焦急地跑向她，卻被複製體強硬地抓住。

「放開我！」

「真是的，姚子賢，你為什麼還要稱呼那個人為姐姐？」複製體惱怒了起來，「明明我才是更好的那個，我才是你的姐姐！」

「嗚、嗚哇！妳、妳永遠也不可能是我的姐姐。」

「住口！」複製體憤怒地說，空著的那隻手用力地掀了過來。

「嗚哇！」口腔中傳來一陣麻辣又充滿腥味的感覺。

「我一定要得到你，不管怎樣都要得到，家人……不可以，不可以沒有家人的認同，啊啊啊！」

複製體的神情變得有些混亂，抓著我的手此時變得有如鐵箍一樣，痛得我大叫出來。

「真、真是個麻煩的弟弟，你要我怎麼辦？咦，血？」複製體將手指伸到我的嘴裡，抹了抹我的唾液以及鮮血。她的雙眼發出精光，將手指含入口中，接著向我投來一個不懷好意的視線，「啊啊！原來是這樣啊，我懂了。」

這是……呃呃，我被她吊得更高了。

「我怎麼沒想到呢？我不需要你了，姚子賢，我只需要你的一點血液，然後我就可以創造出來……我要創造一個真的只會愛我、尊敬我、言聽計從的弟弟，我不需要你這個叛逆的傢伙了！」

妳、妳在說什麼？我發覺從她的嘴裡吐出來很不得了的話，我驚恐地睜大雙眼。

複製體邪惡一笑，「再見了，我曾經的好弟弟！」

她的五指併攏成為一把劍，朝我貫穿而來。

「住手！」

姐姐大叫一聲，從廢墟裡衝了出來。

複製體嘖了一聲，放開了我，轉身迎向姐姐，「還學不會教訓嗎？」

複製體狠狠地攻擊姐姐，打得她落花流水。

姐姐雖然努力地想跟上對手的速度，可是卻力不從心……真是奇怪，她剛才不是還說兩人的力量是一樣的嗎？但是在我眼裡看來，戰鬥卻更像是單方面的挨打。

「當初天智魔女在得到妳的血液時，就察覺到雖然妳的身體裡有著奇妙的力量，但是它已經到達極限了。」

拳，再下來是腳……膝撞、肘擊……呃，我快看不下去了，每一招一式換來的都是姐姐的慘叫。

「妳在與迦樓羅的戰鬥中甚至超過了自己所能負擔的範圍，但我的身體經過強化，妳是鬥不過我的。」

複製體把姐姐一腳踢開，然後高喊：「身體、心靈都不如我的存在，妳還有什麼比我更值得留下來的依據？」

「有、有的！」姐姐不屈不撓地大喊：「我的身邊，有我愛的人、有愛我的人，我想要為了他們活下去！」

「咦？」

複製體聞言一時錯愕，頓時吃了姐姐一掌。

「我、我不容許妳傷害我的家人！喝啊啊啊啊啊——」

姐姐衝向複製體的懷內。

「怎麼會？妳的力量為什麼……呀啊啊啊啊啊——」

我搞不清楚究竟發生了什麼，但是兩人都發出直逼天際的高昂吶喊，雙手交疊著互相角力，臉上露出了豁命相搏般的表情。

可怕的風壓以兩人為中心不斷地朝外吹送，我被吹得撞上了路旁的燈柱，死死地抱著才沒有飛到遙遠的地方去。

「妳的力量為什麼變得更強了？這不可能、這不可能！妳的身體裡面怎麼可能還有潛力沒有開發？」複製體驚慌失措，「妳要殺了我嗎，姚子實，殺了我，就等於殺死了繁星騎警啊！」

姐姐的雙眼睜大。

「現在、現在的我就是人們心目中最期待的繁星騎警，要是、要是我死去的話，妳也、妳也沒辦法恢復成、成這麼受到歡迎的超級英雄……妳是在殺死妳自己！姚子實，繁星騎警的榮光是妳努力了一輩子的事情，妳想要親手毀掉它嗎？」

姐姐咬一咬牙，「繁星騎警確實很珍貴……」

「呃……」

「可是！」姐姐陡然提高了音量，「比我所珍愛著的那些人們，就算是繁星騎警也算不得什麼……讓妳繼續存在只會對他們造成傷害！我要——保護——所有人！」

「嗚哇！」這就是複製體所留在世界上的最後一道叫聲。

狂猛的暴風忽然止息，緊接著我摔到了地上。

哎唷！再次睜開眼，原本還是兩人互相戰鬥的地方，如今只剩下一個人站在那裡。

「姐姐？」

我們贏了？我們贏了嗎！我顧不得自己的傷勢，高興地飛奔了過去。

「姐姐！」

然而，姐姐卻看都不看我一眼，癱軟地倒下。嗚哇！我十萬火急地衝了過去，接住姐姐，才免去了讓她跌倒的危險。

可是，原本穿在姐姐身上的衣服卻不知怎地化為了飛灰，隨風一吹便從姐姐的身上消散。

呀啊！姐姐的裸體！

焦急的我不知道究竟該張眼還是閉眼，可是最後還是沒有閉上……

別誤會了，我不是想看姐姐沒穿衣服的樣子，而是那些從姐姐身上飛出去的塵屑，以及消失在這世界上、一點痕跡也找不到的複製體所穿著的衣服殘片，在我眼前接連飛向空中，飄向遠處。

就在此刻，原本屬於繁星騎警的一切全都化為塵埃。

PRODUCTION

姚子實與姚子賢

09

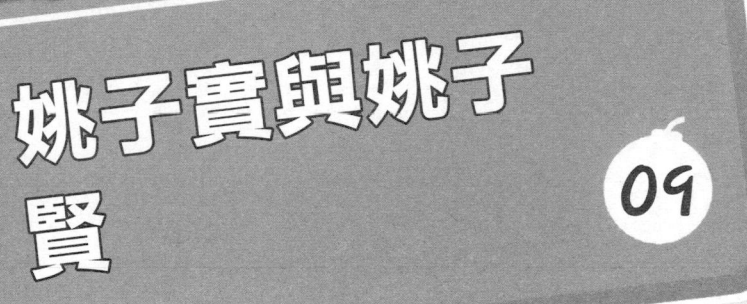

我剛發送完回覆黃之綾和小千的簡訊，便聽見樓梯上響起急促的腳步聲。

「快，快，姚子實怎麼樣了？」

爸爸和媽媽焦急地衝了進來，一把推開我，趕到床邊。

這裡是姐姐的房間，躺在床上的姐姐依然發著高燒，昏迷不醒，爸爸、媽媽結束了外地的旅程，十萬火急地趕了回來。

「怎、怎麼會發生這種事情？子實，子實妳快醒一醒啊！」媽媽急得都流出了眼淚。

爸爸擔憂地問：「她變成這樣有多久了？」

「半天。」我回答道。

與複製體的戰鬥結束以來，姐姐再也無法回應我們的呼喚，始終緊閉雙眼，偶爾呻吟。要不是黃之綾調來了自家的車輛，我們根本沒辦法以最快的速度趕回家中……順帶一提，為了隱瞞自己是外星人的事實，姐姐從來沒上過醫院，就連學校的健康檢查也要事先喝下能夠暫時改變體質的藥。

總之，如今的狀況大概只有爸爸才知道該怎麼做。

我看著爸爸神色憂慮地檢查姐姐的脈搏與氣息，強忍著同樣心亂如麻的情緒，發送簡訊告訴黃之綾與小千爸爸回來的消息，讓她們安心。

我在家裡守護姐姐的這段時間，她們兩人拿著複製體遺留在這世界上的唯一一樣東西，也就是面具，趕往群眾對抗的現場。

依據天智魔女所說，要是複製體與緊那羅死去的話，那些被竄改記憶的群眾由於沒有再被繼續煽動，會逐漸恢復正常。所謂情緒性的怒火時常只是短暫的現象，人類的性格是很薄弱的。

「好了，妳不要擔心了。我已經聯絡了駐紮在太陽系外圍的夥伴，他一定知道子實發生了什麼事。」爸爸安慰著媽媽，果然，這時候從窗外亮起了一道非常刺眼的強光。

不一會兒，爸爸帶著一位樣貌看起來十分普通的叔叔走了進來。

「大嫂妳好。」叔叔向媽媽脫帽致意，「學長，麻煩你先讓我先看看子實的狀況。」

「那就拜託你了。」

「不要緊，我擁有 γ-12 星的醫生執照。」叔叔要媽媽先安心，然後跪在姐姐床邊進行診斷。

「究竟我們家女兒怎麼了？」看見叔叔臉上凝重的面容，媽媽急得肝腸欲斷。

「這個……大嫂妳不用緊張，子實沒什麼大礙。」叔叔沉吟道，「她只是營養不良昏了過去而已。」

「營養不良？」

叔叔點了點頭，「但是，這並不是指日常食物攝取上的營養不良……唉，該怎麼說呢？子實現在已經到了青春期啊！」

「我們明白。」媽媽困惑地眨了眨眼。

「這是最麻煩的地方，依我的診斷來看，子實體內欠缺 γ-12 星人成長所需要的元素。她最近是不是常常感到疲累、精神不振？」

「確實是如此。可是，她以前一直都好好的啊！」

「地球的環境畢竟與 γ-12 星不一樣，當她還小的時候，也許不需要這麼多元素，但是青春期是急速成長蛻變為成人的階段，元素不足對她來說非常危險。」

「有什麼辦法嗎？」

叔叔的面色變得凝重起來，「辦法很簡單，卻也很困難……只要回去 γ-12 星球就可以了。」

「非得要這樣嗎？」爸爸和媽媽也都變了臉色。

「沒有別的辦法。」叔叔搖搖頭，「學長、大嫂，你們要知道，雖然子實外表看起來是地球人，可是她實際上還是 γ-12 星人，她的身體構造，以及所需要的能量，都不可以用地球人的眼光去看待。唯有母星，才是 γ-12 星人最適合成長的地方。」

「必、必須回去 γ-12 星嗎？」媽媽無力地頹坐了下來。

「是的，請好好考慮。」

爸爸、媽媽和叔叔離開了房間，到樓下討論去了，只留下我在姐姐的房間裡看顧。

打了一管針，又做了適當的保暖之後，姐姐的呼吸現在變得更為平順，高燒也退下去了。

我坐在床頭看著姐姐平靜的睡顏，心中百感交集。

我不是不能理解媽媽為什麼會這麼悲傷，γ-12星距離地球實在是太過遙遠了，那是即使乘坐著光速的火箭，窮盡地球人一生的歲月也到達不了的地方。

而且，別看爸爸外表年輕，實際上以γ-12星人的年齡算法，他已經相當於垂暮之年，大約只剩下與地球人的媽媽一起走完最後餘生的時光，要是再回到母星，也許一輩子都回不來了。

還有姐姐……在這往返的過程之間，被留在地球上的我們又會變得怎樣？

我不禁想起了一句成語——滄海桑田。

輕輕的咳嗽聲響了起來。

「……姚子賢？」

「姐姐？」

我趕緊從遙望窗外的沉思中轉醒，回頭一看，姐姐不知道什麼時候睜開了眼睛，我又驚又喜。

「姐姐，妳現在覺得怎麼樣？」

「還好……就是有點……渴，還有點想睡。」姐姐頓了一會兒，「姚子賢，我的身上是不是發生了什麼很嚴重的事情？」

「沒、沒什麼，一點也不嚴重，只要多休息就好。」我強忍著，不敢說出真話。

「你又來了，不要老是騙我。」姐姐嘆了口氣，「我知道我就要回母星去了，對不對？」

「……原來妳都聽到了啊。」我的雙肩無力地垮了下來。

姐姐，如果妳離開，我會很寂寞的……但是我沒辦法讓她不要走。

「不要露出那種表情啦，我會捨不得的。」姐姐故作開懷地說，「我向你保證，等我把身體調養好了，就會回來看你們的。」

姐姐吃力地將手從棉被裡伸了出來，拭去了我臉上那濕漉漉的透明液體，然後慢慢地移動到我垂下來的手心上。

我緩緩握住她的手，又冰冷、卻又暖和的手……這樣說起來似乎很奇怪，然而我已經找不到更好的方法來形容了。從姐姐柔軟的冰涼掌心之中傳來了一股溫暖舒適的熱度，講我們接連在一起，我們細細地感受著彼此的存在。

「我還有很多很多事想做，很多很多東西想吃，很多很多人想去愛。」

「嗯！」

「我最喜歡的爸爸、媽媽……你幫我向媽媽說聲對不起，還有我很愛她。」

「嗯！」

「我的朋友和同學們，你告訴她們雖然可能會晚一點，但我一定會到大學找她們玩。」

「好、好。」可惡，我這沒用的雙眼，竟然又濕潤了起來。

「告訴小千、小綾不要擔心了，我會沒事的。」

「好、好。」

「還有……我喜歡的弟弟。」

「呃、呃……」

姐姐的手指滑過我的掌心，沿著手臂一路游移到肩膀，點觸著我的脖子，臉頰，然後是耳朵、額頭，抓了抓我凌亂的頭髮。

「我最喜歡的姚子賢。」

姐姐鼓足了力氣微笑，「不要再哭了，開心一點吧！姐姐我呢，只是去一趟稍微長一點的旅行而已。」

「嗯……嗯！」

「我會回來看你。」

「保證？」

「保證！」姐姐露出溫暖又鬆弛的笑容，「我們約定好了唷！」

「好……好的。我、我們約定好了。」我勉強地拉起了嘴角。

對，約定，所以我不會哭，我、我會朝妳露出微笑。

「把頭低下來好不好？」

「咦？」

我照著做，慢慢地把頭靠向姐姐。

「噴！」

咦咦？

我、我……我驚訝了摸了摸額頭，姐姐則噗嗤一聲笑了出來。

「約定。」她簡短地說，然後又把眼睛閉上。

「好了，那麼請學長和子實乘坐我的太空船回母星吧，在那裡子實將獲得最好的照料……同時也能夠接受成為銀河特警的訓練。」

「……我不要我的女兒成為什麼偉大的特警，我只希望她能夠健健康康、平平安安。」

「呵呵，請大嫂放心，以子實過去的紀錄來看，她非常有潛力，已經好幾百年沒找到像她這樣小小年紀就能守護一顆星球的戰士了。更何況，日子還很長。」

叔叔所說的日子，大概是以 γ-12 星人的年齡來計算的吧，然而媽媽並沒有說些什麼。

我站在姐姐房間裡頭，隔著百葉窗，看到媽媽在替爸爸整理領帶。

「你要小心。」

「嗯。」

爸爸和媽媽只是簡短地交談了幾句，接著爸爸便和叔叔一起推著姐姐的病床走上了太空船。

太空船開始升空。

就在這個時候——

「喂，姚子賢，原來你在這裡，小實姐的狀況還好嗎？」

「咦，你怎麼不開燈？」

「啊，小千、黃之綾，妳們終於來了。」我輕聲喚著她們，然後將百葉窗整個拉起，「別開燈，快過來。」

「鎮上的騷亂已經暫時落幕了，我爸爸會把剩下的事情處理好，所以不必擔心，話說回來，小實姐在哪裡……你又在哪裡啊？」

「嗚，不開燈的話，很難走……嗚哇！」

就在小千抱怨的話語剛結束時，外面忽然亮起了猶如白晝般的強光。她們兩人因為適應不了強烈的光線而發出了慘叫。

「我在這裡。」

「那是什麼？是、是一艘船嗎？」

漸漸地，光線變得不再那麼刺眼了，巨大、美麗的銀色飛行物體在我們眼前冉冉升空。

我的雙手接連傳來被輕柔握住的觸感，我知道她們兩人此刻分別站在我的身側，我們相互靠近，站在一起的感覺是如此地溫暖，驅散寒夜與黑暗。

「姐姐就在那裡面，放心，她不會有事的，她已經和我約定好了會回來……」我喃喃低語，「我們會靜靜地等妳回來。」

我們三人站在窗前，靜靜看著太空船拖著一條銀亮的慧尾，衝向天際銀河，最後化作了浩瀚天穹中的一顆渺小光點。

我們抬頭，靜默地面對著這一瞬間的永恆。

繁星無數。

——《姐姐是地球英雄，弟弟我是侵略者幹部04》完

——《姐姐是地球英雄，弟弟我是侵略者幹部》全系列完

PRODUCTION

姐姐是地球英雄，弟弟我是侵略者幹部

番外〈後日談〉

這個風和日麗的下午，我坐在咖啡館的二樓陽臺上，天空中悠閒的雲朵像是散步一樣地掠過天際。晚春的氣候溫暖怡人，人們趁著難得的連續假期一一跑了出來。

舒適的天氣讓我不太想讀書，雖然手裡拿著一本小說，可是在暖和陽光的拂拭下，我昏昏沉沉地只想睡覺。我將書本放在腿上，懶洋洋地打起盹來。

「唷，原來你在這裡！」

聽見了這個聲音，原本閉上眼睛的我頓時清醒過來。穿著時髦洋裝的女子點了一杯紅茶，從容地在我面前坐下。

「對不起啦，路上塞車。你等很久了嗎？」

「不會。」

她看了看桌子上的咖啡杯，不屑地撇撇嘴，「咖啡都已經喝一半了……你還是一樣愛說客套話，姚子賢。嘛……算了，難得你會主動找我，真是令人受寵若驚啊！」

我露出苦笑，「這陣子我在外地讀書，很少機會回家，況且妳又是個大忙人，好不容易才能找到妳有空的時間啊……天智魔女。」

「嘿！真是好令人懷念的名字啊，只有你們會這樣叫我呢。」天智魔女露出些許陶醉的神色，「這個名字是大魔王陛下送給我的最後一樣禮物，聽了就彷彿回到了當年的時光。不過，你倒是都不讓我喊你當時的名字。」

「因為我不像妳能夠這麼釋然地面對過去啊，天智魔女。那些回憶只會令我回想起失去了什麼。」

「畢竟已經過了兩年多了啊！」天智魔女不以為意地說道，「不管過去有著什麼樣的體驗，經歷了這麼長的時間也都會慢慢淡化。你也應該走出來才對。」

我點點頭。

是啊！都已經過去兩年了，看看這個小鎮，現在這麼地和平。過去繁星騎警和黑暗星雲互相鬥爭所帶來的紛擾，彷彿是一場夢。

「不過，妳還真是變了不少，當時又有誰想得到，現在妳不但變得活潑開朗，甚至還在小鎮上開了一家醫院！」

「不要再奉承我了，瞧你這張嘴甜成什麼樣子，我看我的紅茶都不必加糖了！」

天智魔女伸出手來，又想像當時一樣捏我的鼻子，不過這次被我躲開了。

天智魔女看上去有些懊惱，「好了，不過，我不相信你特別約我出來只為了一起喝茶，有什麼事情你就直說吧。」

我把準備好的信封遞了過去，她拿出裡頭裝著的信紙，蹺起二郎腿，一邊喝著侍者送過來的紅茶一邊讀著。

「喔，這是什麼？」天智魔女露出了感興趣的神情，專注地閱讀信件。

這段期間，我只能默默地啜飲咖啡。

喀、喀答、喀、喀答！

天智魔女抬起頭來，「你覺得很不自在嗎？」

我嚇了一跳，「抱歉。不由自主地就這樣了。」沒想到她會注意到我不經意地在敲桌子。

「我只是覺得周圍好像有很多目光一直注意著我們。」

「喔？」

「如果是年輕人的視線的話我還可以理解，因為天智魔女妳的打扮是真的很漂亮，但是好像連中年人、老年人也紛紛看過來，這就讓我十分納悶了。」

話剛說完，便有一批老年人走近桌邊，和善地對天智魔女打招呼。

「哎呀，醫師，好久不見啊！您也出來喝咖啡？」

「是啊，好久不見。婆婆，您的身體有沒有比較好一點？」

「有有有，多虧了您的高明醫術，病痛好去了一大半。欸……這位，該不會是醫師的男朋友吧？」

我驚慌地差點打翻咖啡杯，天智魔女哈哈一笑，「沒有啦，這是我弟弟。」

「喔喔，原來如此，長得還真是青年才俊吶！那麼，我們就不打擾醫師了。」

「慢走。」

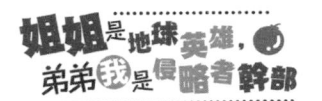

天智魔女與對方寒暄完畢，回過頭來，對著我挑了挑眉，「幹嘛那樣子看著我？」

「……妳還真是受歡迎唷！」

「哪裡，經營診所超級辛苦的。雖然生意很不錯，而且能夠服務人群也讓我覺得很有意義。」

「真不敢相信這句話會從妳的口中說出來……不過還是要恭喜妳，事業蒸蒸日上。未來一年還有什麼計畫嗎？」

「擴建診所吧，現在規模有點不夠……再來就是抽空去考個醫師執照囉！」

「……等等？妳無照行醫？」我目瞪口呆地看著她。

沒想到天智魔女竟然厚顏無恥地點了點頭，「過去我那麼忙，哪有時間考執照啊？你不要擔心啦，我的醫術很好，絕對比這世上九成的醫生都高明。」

「我還是考慮一下生病時要不要去找妳看好了。」我感覺到嘴角在微微抽搐，「不過妳剛剛居然說我是妳弟弟……」

「本來就是，我有說錯嗎？你不是一直都很想要個姐姐嗎！雖然你早就有了一個，可是在那個姐姐回來之前，我就先代替她多多照顧你囉！」

我翻了翻白眼，無言以對。

「這些是你的大學成績單……分數還挺不錯的嘛！我早就知道你很會念書，不過能夠在第一志願的大學裡頭拿到這種表現，還是值得讓人誇讚一番。另外這些是什麼，留學申請的說明書？你這小子，這麼早就已經為自己立下目標了嗎？」

我點了點頭，「妳曾經在美國念書並工作過，我想要請妳給我一點建議。」

「有機會的話，能夠去國外多多拓展視野當然很好。」天智魔女折起了信，當作扇子一樣來回替自己搧風，「如果你需要的話，我可以為你寫幾封推薦信，不過我不保證你出示了我的信以後會怎樣……我看還是找幾個可以信賴的熟人幫忙好了。」

「恕我冒昧，妳說的『會怎樣』到底是怎樣啊？」

「這個嘛……一半的機率是那些大學看到了我的名字以後馬上允許你入學，另外一半則是你會被ＦＢＩ抓走。怎麼樣，夠刺激了吧？」

「……也太刺激了，怎麼會這樣啊？」

「哎呀，也沒什麼，只是當年我在美國工作時不小心接觸到了一些可能動搖國際社會關係的機密而已。」

天智魔女呵呵笑著，一副若無其事的態度。

我不由得打起了冷顫。

「不過，我倒是沒想到你念的會是這個科系。不管是醫學、電機，還是工程，都是條賺大錢的路，而且以你的實力也並非考不上，為什麼你會做出這樣的選擇呢？」

「我想要更加瞭解這個奧祕的宇宙，尋找探索即使窮盡目前人類一切知識也無法抵達的地方的辦法。」

「原來如此，所以選擇了航太科學是嗎？」

「是的。」

「有志氣的年輕人，很好、很好。」天智魔女嘉許地點點頭，「總之，我很鼓勵你出國。推薦信的事情我會替你想辦法，缺錢的話我也可以資助你。萬一真的不行的話，黑暗星雲基地裡隨便找幾樣科技，拿去賣給大企業或者國家級的研究機構，也可以讓你用上好幾年喔。」

「我不會把那裡的東西賣掉的。」我抗議道，「畢竟那裡可是我們共同的回憶。」

「哈！」天智魔女輕笑一聲，「我只是在開玩笑而已。」

「我知道。」我咕噥了一聲。

接下來我們暫時停止了交談，專心地沉浸在眼前這一片美景的餘韻中。天空中經過的慢慢飛鳥，飛向鎮外郊區大片的田野，那受到微風吹拂過後的草皮像海波浪似地掀起了陣陣漣漪。

多麼和平的景象。

溫柔的時間輕緩流逝。

「好和平啊～」

咦，咦，唔啊！

「怎麼了？怎麼一副坐不住的樣子？」

「啊，沒有，只是剛剛我以為是我在說話。」

「嘿！我說出了你心裡所想的話嗎？」天智魔女嘲笑道，「我還真是你肚子裡的蛔蟲啊。不過，看了眼前這幅光景，任誰都會想到同樣的話吧！」

「是啊。」我喟然同意，「正是因為有了過去那段轟轟烈烈的旅程，才會更顯得此刻單純的幸福彌足珍貴。」

「這更讓我懷念起大魔王陛下了。」

天智魔女慢慢地把視線轉向了遠方，我看見的是她那已然褪去所有的憤世嫉俗，如今平和寧靜的側臉。

「雖然黑暗星雲一開始自稱是侵略組織，然而它並不是真的圖謀一純鎮的什麼。大魔王陛下創辦了這個組織，更像是要為這一成不變的小鎮帶來波瀾。

「唯有透過不斷的刺激與變化，我們才能從中探究自我、成長並且改變。即便路是彎的，走到底卻也能抵達終點。大魔王陛下透過他淵博的智慧，讓我們自行慢慢摸索，最後得到寶貴的東西，真是獲益良多。」

「啊！」我捶了一下掌心，「話說起來，我最近有得到關於大魔王陛下的消息。」

「真的嗎？快讓我看看！」

我拿出包包東翻西找，終於找出了一張卡片。

「雖然也不是直接與大魔王陛下有關……」

我把卡片放到了桌上。

這是晨寫的卡片。從夾帶的照片上，可以看見晨興高采烈地對著鏡頭比出勝利的手勢，一旁則是心不甘情不願地擺出臭臉的暮。

照片的背景似乎是某項儀典，在遙遠的地方衣著華麗而模糊不清的人影，大概就是大魔王陛下。

而卡片上的內容，則是一堆落落長的絮語。

親愛的姚子賢君：

許久不見，上次任務承蒙子賢君多所照顧，如今我與暮已然順利抵達母星，並且回歸崗位。即便如此，日前對於地球之旅所得到的寶貴記憶依然歷久彌新，尤其地球上美食之豐富，更是令我再三回味，甚是企盼能再度造訪。

曾聞子賢君住處附近有名為蚵仔煎之美妙食物，係由當地海產所製，聲名大噪，響徹銀河，倘若下次有機會，自是欲造訪品嘗，如能並與子賢君再次敘舊，自當為一美事。

近日來忙於新王登基大典，諸多忙碌……

這張卡片下略數百字，都是在講一些雞毛蒜皮的小事，最後署名則是「您誠摯的朋友　晨」。

「從宇宙寄來的明信片？」天智魔女啼笑皆非地說。

「我也不懂。寫了這麼多，可是都沒有隻字片語提到大魔王陛下。」

「那是因為你沒看懂，這個晨倒是個很貼心的傢伙。」

「咦？」

「你要知道，在很多文明裡面，有關於首長的紀錄都受到嚴格控管，甚至為了保密而摧毀。從晨寄來的卡片和照片裡已經暗示了大典順利成功，因此大魔王陛下的近況應該還不錯吧！」

「原來是這樣啊。」

我看著桌上的明信片，直到此刻終於恍然大悟。

「所以，最近還有其他人的消息嗎？這一整年來我忙著打理診所，倒是疏忽了與大家聯絡。」

「這個嘛……」

我放下了手中的咖啡杯。

小千通過了體保生的推薦審核，到了知名的師範大學就讀相關科系，最近則是因為考慮究竟應該繼續完成學業，還是先暫時休學，以便回應某支職業球隊的邀請而困擾不已。

「還真是令人羨慕的困擾啊！」天智魔女感嘆著，「那個小女孩的條件很不錯，天資好，而且又努力勤奮。那麼另外一個呢？」

黃之綾在校的成績本來就優秀，面對升學考試自然也是得心應手，最後進入了一所在人文科學方面聲譽卓著的大學就讀。

「所以她還是繼承門風，讀了政治學系囉？」

「不，她念的是社工。」

「什麼？」

「她說日後想要以服務人群為志業。」

「哈、哈！」

我和天智魔女同時乾笑了幾聲。

印象中那種溫柔和煦、充滿了愛心以及耐性的社工形象，究竟要怎麼和黃之綾連繫在一起？

不只是天智魔女，就連我也很好奇。

「其他人的話，大部分都還在鎮上生活吧！」

就在我說完這句話的同時，底下傳來了一陣不小的騷動。

「好了，小朋友們，注意安全，靠馬路邊邊走，雖然是校外教學，也不要太興奮了喔！」

聽起來像是有一大群吵吵鬧鬧的孩子經過，天智魔女稍微往下方看了一看，咕噥著說：「還是老樣子，慌慌張張的。」

「哈哈！不過，我覺得他好像過得很開心。」

「因為他的心智年齡就差不多是這種程度，可惡……算了，我不管了，只要他高興就好。」

「感覺妳好像有些恨鐵不成鋼呢！」

「哼！」天智魔女抱起了胸。

「那麼，現在該我問妳了，乾闥婆過得還好嗎？」

「她啊，她可是幫了我的大忙。」天智魔女得意地說道，「她的能力真的很方便，只要她出馬，就連小孩子也不會隨便哭鬧……不過，要是她能夠在其他事情上更用心就更好了，比如說給藥、記帳之類的。」

「哈哈，妳別太強求她了。啊，對了，她今天怎麼沒跟妳一起出來？」

「別說了，她現在一放假就整天往外跑，和她那個小男朋友約會。」

天智魔女忍不住「呿」了一聲。

一道惱人的摩托車嘶吼聲，掠過底下大街。

「哇哈哈哈哈——讓大家看看，這就是本大爺『一純後山的漆黑旋風』精湛的過彎技巧！」

「呀呼！達令你好棒！」

後面這個熟悉的聲音，原來是乾闥婆，來得真是巧。

兩人發出了一連串的高分貝笑聲，可是這笑聲卻在幾秒鐘後戛然而止。

「嗚哇，危險死了。是誰擋在路上，你是不想活了嗎？」

「居然敢對我大小聲，你忘了我是誰了嗎？」

「我哪管你是誰啊混帳傢伙，你……啊、啊！不會吧，隊長？」

「說了不要再叫我隊長了，我都已經畢業了你這個蠢蛋！」

接下來是「咚」的一聲，像是打在腦袋上的聲響。

「我一不在就沒有人繼續看管你了是不是呀？」

「不、不是這樣啦隊長，那個，你不是去外地讀書嗎，怎麼會在這裡？」

「我就不能有假日嗎？喂！你知道為什麼我要去念警大嗎，就是為了好好管教你們這種傢伙啊！」

……看來一純鎮鎮民的耳根子能清淨好一陣子了，我不禁噗嗤一笑。

「你笑什麼？亂詭異一把的。」天智魔女狐疑地看著我。

「沒事，我只是忽然想起畢業典禮時，某個朋友跑來告訴我為什麼他要念警察大學的理由。」

「哦，為什麼？」

「他說，因為有一次執行公務被人綁在樹上，讓他痛定思痛，質疑起為什麼社會上還有人可以藐視公權力到這種程度？所以他決定此後都要致力於維護執法者的尊嚴。」

「居然還有這樣子的故事。」

「他那時還咬牙切齒地感謝我，說多虧了我，才讓他找到生命的意義。」

「原來是你把他綁在樹上的啊！」

「哈哈哈哈……我是有苦衷的嘛！後來我們還是和好如初了。」

我輕鬆地靠著椅背，稍微伸展了一下緊繃的筋骨，發出了喀喀的聲音。

我發出一聲慵懶的長嘆，「過去我們哪想得到自己的人生會是怎麼樣子的呢？」

「因為沒有人可以預料未來會發生什麼事。命運對我們來說，正是柳暗花明又一村。」

「我本來以為姐姐離開後，我會難過得連活都不想活了。」我仰望著藍天白雲，心平氣和地開口，「但沒想到過了兩年，日子還是一樣平靜美好，甚至還發生了連我自己都意想不到的改變。」

「這才是應該有的樣子。你姐姐一定也不願意見到你因為她離開而消極頹唐。」天智魔女睨著我，話鋒一轉，說：「不過，我想你能夠擁有這麼正面的態度，一方面是身旁有著不錯的朋友，另一方面也是因為你長大了吧。」

「我長大了？」

「當然。」天智魔女隨意地咬著用來攪拌紅茶的湯匙，口齒不清地說，「每個人都會在不知不覺中長大，時間是我們最好的導師。」

「是這樣嗎……那我也得加倍努力，不要被這位老師評定為不及格的學生才行。」

「噗哈！」

天智魔女笑了出來，結果不小心讓湯匙掉到地上去了，我看著在地上摸索了好一陣子的天智魔女，忍不住把我還沒用過的湯匙遞給她。

「謝謝你啦，姚子賢。」天智魔女投來的眼神一半帶著感激，另外一半卻是有些惋惜，「可惜我的紅茶已經喝完了，所以你給我也沒用。嗯，你要再點一杯嗎，還是我們去別的地方坐坐？」

「不好意思，我可能沒辦法去了，我等一下和別人有約。」

「有約啊……那就沒辦法了，嗯，你待會是有什麼重要的事嗎？和什麼人約了？」

「也沒什麼重要的事，沒什麼重要的人。」

「你說話幹嘛這樣閃閃躲躲的？」天智魔女不滿意地盯著我，忽然間露出了懷疑的表情，「你剛剛說，你身上發生了意想不到的改變……難道真的是那樣嗎？」天智魔女不可置信地問道：「姚子賢，你可要誠實回答喔！」

「等等，該不會是……」

她睜大了雙眼，朝我做了一個充滿暗示性的手勢。

嘖！果然瞞不過洞察力敏銳的天智魔女，不得已之下，我只好羞赧地點了點頭。

「這真是我今天聽到最震撼的事了，那個老是把姐姐掛在嘴邊的你竟然……呃，對象是誰？」

我還未開口，陽臺的入口邊便傳來一名女性向我們打招呼的聲音。

天智魔女以最快的速度轉過了頭去，然後驚訝無比地喊了出來，「原來是妳？」

我凝視著剛剛抵達的女子，露出了微笑，轉頭對著天智魔女說：「那麼，天智魔女，請容許我再介紹一次，這位是我的女朋友……」

——番外〈後日談〉完

四、注意事項：

★ 投稿者之作品須有完整版權，繁簡體實體書出版權及電子書版權。
★ 請勿一稿多投。
★ 投稿作品如有涉及抄襲、剽竊等情事・無條件立即終止合約並針對出版社損害於予追究。

【輕小說畫者募集中】

三日月書版徵求各種不同風格的畫者，請踴躍提供參考作品及聯絡方式，審核通過後我們將與立即與您聯絡。

一、投稿插圖檔案格式：

★ 投稿格式。
1. jpg檔案，解析度72dpi，圖片大小像素800X600。（請勿過大或者太小）
2. 來稿附件請至少具備五張彩稿及三張黑白稿或Q版圖片
3. 請投電子稿件，不收手繪原稿。
4. 請在電子郵件中以「附加檔案」的方式將作品寄送過來，切勿使用網址連結。
5. 投稿作品請使用不同構圖之作品，黑白部分請勿僅以同樣彩色構圖轉灰階投稿，來稿請以近期作品為佳，整體構圖需有完整背景與主題人物。

二、投稿信箱： **mikazuki@gobooks.com.tw**

★ 電子郵件標題：「繪圖投稿：(筆名)」。
★ 真實姓名、聯絡信箱、電話及畫者的個人基本資料，若無完整資料，恕不受理。
★ 收到投稿後，編輯會回覆一封小短信告知，如3天內未收到編輯的回覆，請再進行確認唷。
★

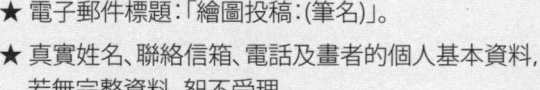

高寶書版集團
gobooks.com.tw

輕世代 FW123
姐姐是地球英雄，弟弟我是侵略者幹部04（完）

作　　者　甚　音
繪　　者　兔　姬
編　　輯　林紓平
校　　對　林思妤
美術編輯　陸聖欣
企　　劃　林佩蓉
排　　版　彭立瑋
出　　版　英屬維京群島商高寶國際有限公司臺灣分公司
　　　　　Global Group Holdings, Ltd.
地　　址　臺北市內湖區洲子街88號3樓
網　　址　gobooks.com.tw
電　　話　(02) 27992788
電　　郵　readers@gobooks.com.tw（讀者服務部）
　　　　　pr@gobooks.com.tw（公關諮詢部）
傳　　真　出版部　(02) 27990909　行銷部 (02) 27993088
郵政劃撥　19394552
戶　　名　英屬維京群島商高寶國際有限公司臺灣分公司
發　　行　希代多媒體書版股份有限公司/Printed in Taiwan
初版日期　2015年2月

國家圖書館出版品預行編目(CIP)資料

姐姐是地球英雄，弟弟我是侵略者幹部/ 甚音著. --
初版.
-- 臺北市：高寶國際, 2015.02-
面；　公分. --

ISBN 978-986-185-807-4(第4冊：平裝)

857.7　　103015672

三日月書版

三日月書版

GOBOOKS
& SITAK
GROUP©

GOBOOKS
& SITAK
GROUP©